AF186682

## Der Autor

Dr. Rainar Nitzsche, geboren 1955 in Berlin, Schulzeit im Saarland, wohnt mit seinen Vogelspinnen in Kaiserslautern, wo er Biologie studierte und seine Diplom- und Doktorarbeit über das Paarungsverhalten der bei uns heimischen Brautgeschenkspinne *Pisaura mirabilis* verfasste. Er schreibt seit 1975 Gedichte, Kurzprosa, fantastische Romane sowie Sachbücher über Spinnen.

Fantastische Werke: Die PFAD-Romane, Kurzgeschichten, thematisch sortiert, die in der Nacht bei Vollmond spielen, am Tag im Sonnenlicht, Im All zwischen den Sternen, Spiegelwelten, Träume von und Begegnungen mit Spinnen, Meditatives.

### 186 Nachttexte - Kurzprosa mit ein wenig Lyrik

Und weiter geht unsere Reise durch fantastische Nachtwelten. Wandelten wir in den Geschichten der ersten beiden Bänden der Mondintrilogie noch halbwegs auf festem Boden, so heben wir nun gänzlich ab in die Traumgefilde von Märchen und Anderswelten. Ja, dorthin träumen wir uns, nach irgendwo und irgendwann. Und kehren nie mehr zurück?

RAINAR NITZSCHE

# MONDINSCHEIN
# UND SEIN

Fantasy-Horror-Nachtgeschichten

Ruf der Mondin 3

Die Deutsche Nationalbibliothek verzeichnet diese Publikation in der Deutschen Nationalbibliografie; detaillierte bibliografische Daten sind im Internet über dnb.d-nb.de abrufbar.

**Impressum**
Rainar Nitzsche
Mondinschein und Sein
Neu gesetzte, leicht überarbeitete 3. Auflage mit Fotokunst als Taschenbuch (1. Auflage als Paperback: 2001 im Rainar Nitzsche Verlag / 2. Auflage als E-Book 2017 bei Bookrix)
Fotografie und Effekte: Dr. Rainar Nitzsche
Computersatz: Dr. Rainar Nitzsche


© 2019 Herstellung und Verlag:
BoD – Books on Demand, Norderstedt
ISBN 9783749451654

# Die dritte Mondin

Im Dunkel leben,
im Dunkel tun, was wir können
- das soll sein.

*Gottfried Benn*
*Die Stimme hinter dem Vorhang*

Liebe Leserin, lieber Leser,

weiter geht unsere Reise durch die fantastischen Welten der Nacht, in der unsere Mondin dort oben ewig und unveränderlich rund und voll erstrahlt. Das ist das Sein im Mondinschein.

Eine erste Sammlung von Geschichten erschien am 1992 unter dem Titel *Ruf der Mondin.* Am 1996 folgte dann die zweite mit dem Titel *Im Licht der Vollen Mondin.* Nun liegt die dritte Sammlung vor. Es handelt sich um Nachttexte aus 20 Jahren, kurze Prosa sowie auch ein wenig Lyrik. Angeordnet sind sie grob thematisch in wenigen größeren Kapiteln, innerhalb dieser dann einfach alphabetisch nach Titeln sortiert.

Nun aber zum Inhalt: Seltsame Dinge geschehen da in den Zimmern und auf den Straßen der Stadt, auf den Wiesen und im Wald. Begeben wir uns auf die Reise von innen nach außen ins Irgendwo. Längst haben wir die Menschenwelt verlassen und erwachen in den Körpern von Tieren auf dem Land, im Wasser und in den Lüften der Erde. Andere Wesen aber existieren in unseren Träumen, Sagen, Märchen und Mythen. Da sind Götter und Göttinnen, Engel und Dämonen, Drachen und Elben. Doch wir begegnen auch dem Vampir, Nosferatu, und einem Dichter namens Edgar Allan Poe. Sie alle folgen der Mondin Ruf, und einige von ihnen rufen die Lebenden in den Tod.

Erinnern wir uns an den Rahmen der ersten Mondin-Bände. Einst saß da ein junger Mann auf einer Bank im

Park unter *ihrem* Licht. Träumt nun nicht auch ein Penner, der ihn fand (s. *ATON - Vater Sonn*), und wenn ja, wovon? Oder aber erträumt sich der eine die Nacht und der andere den Tag? Und was ist mit den Frauen und Kindern, den Tieren und Pflanzen? Und lebt dieser junge Mann nicht auch zugleich unter anderen Namen andernorts in anderen Körpern? Erträumte ich ihn nicht eins mir selbst?

So viele Wesen und Räume und Zeiten! Und alles entwickelt sich nach überallhin. Ungeheuer sind diese Welten - ja, auch mir! - ungeheuer kompliziert, verschachtelt. Alles hängt mit allem zusammen. Also wollte ich die Geschichten auch verknüpfen, gut gedacht und nicht vollbracht. Denn da blickt so ein kleiner Rainar einfach nicht mehr durch. Und so sind es einfach kurze Geschichten, die alle eins gemeinsam haben: die Nacht, in der eine Volle Mondin scheint. Dies nur und nicht mehr?

Wenn einer zur Mondin kommt
so fragt ihn diese:
»Wer bist du?«

Dann soll er antworten:
»Ich bin du ...«

Wenn er so spricht
dann lässt ihn die Mondin
über sich selbst
hinausgelangen

*Die Upanischaden*

Allen Freunden in Kaiserslautern
und den anderen Städten
dieser Erde

# Inhalt

# Prolog im Park

Seltsam. Dort sitzt gar kein junger Mann auf einer Bank im Park. Andererseits, so seltsam ist das auch wieder nicht, denn es sind Jahre vergangen - da wird Mann einfach alt. Doch er sitzt da noch immer - oder aber schon wieder?

Schon lange wächst dort im Zentrum kein Rosendickicht mehr. Jetzt sind es bunte Blumenbeete und ein sich kreuzender Weg aus Pflastersteinen. Auch ist es ja gar kein Park - da sieht man mal wieder, wie Dichter übertreiben und lügen! -, sondern ein kreisrunder Platz.

Nein, die Bänke sind noch die alten - gut, älter geworden, aber noch dieselben. Abgesägt sind die Platanen, neue Triebe zahlreich emporgeschossen und schon ein wenig grün. Auch die Hecken zwischen den Bäumen wurden gestutzt. Ein warmer Tag im Mai mit Hochsommertemperaturen nach der eisigen Kälte im Frühling, dieses Jahr wieder wie im letzten Jahr. Wahrlich gewandelt haben sich die Zeiten.

Frühlingswetter, an das du dich erinnerst, hat es nie gegeben, glaubst du den Wetterfröschen im Fernsehen, die immer wieder versichern, dass alles schon immer so war - vermutlich auch Schnee im August - und das in der Pfalz, also mitten in Europa. Nein, nicht in der Eiszeit, sondern Ende des 20. Jahrhunderts christlicher Zeitrechnung. Andererseits sollen wir laut Wissenschaft gerade eine Kaltzeit haben, die überdeckt wird von der globalen Erwärmung, verursacht durch vielerlei Gase und Staub.

Oder 30 °C im Schatten an meinem Geburtstag, fällt ihm ein, dem doch noch nicht so alten Mann, der jetzt am späten Nachmittag dort auf einer der vielen Bänke sitzt. Er lächelt und glaubt immer weniger, was andere ihm erzählen. Alles Lüge, denkt er, systemimmanent: Wer rechts ist, schaut nur nach links und umgekehrt. Wer was hat, will es behalten - und mehr, immer mehr haben, haben, haben! Wer nichts hat, will auch was und alles anders machen, bis er endlich selbst was hat. Hast du was, hast du Probleme. Hast du nichts, hast du nur dieses eine Problem. Ach, Lügen gibt es ja gar nicht mehr, »Unwahrheiten« heißt das jetzt in Neudeutsch. Und einer, der gelogen hat, machte nur einen Fehler. Und niemand hat mehr Macht, nur noch Verantwortung, was immer das auch heißen mag. Die trägt er natürlich nur so lange, wie nichts passiert und niemand ihn daran erinnert. Aber das ist ja nur Politik und Alltag der Gegenwart. Das interessiert doch wirklich morgen niemanden mehr.

Warum er lächelt beim Gedanken an Hochsommerwetter am Tag seiner Geburt, willst du wissen?

Nun, weil er am dritten nicht existenten Weihnachtsfeiertag geboren wurde, spät in der Nacht, zwei Wochen und somit ein Jahr zu früh, konnte es wohl gar nicht erwarten, hier auf dieser Welt zu erscheinen. Das war mein erster großer Fehler, fiel ihm später mal ein, dem viele, viele folgen sollten. Deshalb also lächelt er nun und schließt die Augen und öffnet sie wieder und sieht ...

Dort gegenüber auf einer anderen Bank klettert ein kleiner Junge herum, vielleicht 4 Jahre alt. Zu weit entfernt, um sein Gesicht erkennen zu können, aber er kommt ihm irgendwie doch bekannt vor. Und dann sitzt dort rechts auf einer anderen Bank ein alter Mann, so um die sech... - 64, fällt ihm seltsamerweise ein. Weiter links sieht er einen jungen Mann von 14 und einen Greis von 84 und ein schreiendes Baby, 4 Monate alt und ganz allein. Und dort, das bin doch ich als Student, 24 Jahre jung und nicht mehr weit vom Diplom entfernt! Seltsam, denkt er, überall steckt da diese »Vier" im Alter drin, als habe sich das irgendwer ausgedacht, bin ich doch selbst jetzt 44. Nein, das kann wirklich kein Zufall sein!

Dann schauen alle sieben, jung und alt und älter, auf. Sie drehen ihre Köpfe und sehen sich an. Alle stehen sie von den Bänken auf, auch das Baby schwebt da. So erheben sich sieben Menschen, verlassen sieben Bänke jetzt gegen Abend auf einem ansonsten menschenleeren kreisrunden Platz. Sie krabbeln, rennen, gehen, schreiten langsam und bedächtig, streben alle dem Zentrum des Platzes zu. So kommen sich die Sieben einander näher. Staunend berühren sie sich und begreifen, dass sie alle nur einer sind. »Du!", stammeln, sprechen, rufen die Älteren und nehmen die Jüngeren in ihre Arme. Die antworten nicht, sind ganz still und scheinen doch alles zu verstehen.

Und es herrscht schwarze Nacht über dem Zentrum des Platzes in dieser einen Stadt. Keine Sterne und keine Mondin und auch kein anderes Licht irgendwo. Schwärze ist, als wir alle zu einem werden, das leuchtend und singend emporsteigt.

Andere Menschen gehen zu anderer Zeit vorüber. Sie sehen Sterne funkeln und eine leuchtende Scheibe und warten doch auf die vielen bunten kurzlebigen Lichter des großen Feuerwerks zum Beginn der Maikerwe.

»Guck mal da!«, zeigt ein Mädchen empor, »Mutti, die Mondin ruft!« Sie schließt die Augen und sieht einen Jungen dort oben als Schatten in ihrem Licht stehen und winken, einen Jungen, der Gestalt und Größe blitzschnell - in der Dauer eines Augenzwinkerns - zu wechseln scheint. Er winkt ihr zu und lockt.

Sie aber schüttelt nur den Kopf. Nein, nein, darauf fällt sie nicht rein, sondern öffnet ihre Augen und geht weiter mit Mutti und Vati - anderen Verlockungen entgegen.

# Innenraum 1

## Nach innen

Alles bewegt sich
nach innen
Immer weiter
näherst du dich dir

Einst draußen auf einer Bank im Park
Dann in deinem Zimmer unter dem Dach
Und nun?

Hinein in deinen Geist
deine Seele
deine Träume
deine Fantasie

# Noch Mensch? - Noch Mensch!

### Schau!

Schau die Volle Mondin
schimmernd durch das Wolkenmeer!

Schau uns an
am Waldesrand auf bleichen Wiesen!

Still huschen wir dahin
durch Straßen und über leere Plätze

Wach auf und - stirb!

## A wie Anfang oder R wie Rahmen?

Du öffnest deine Augen: Wo bin ich?

Schwärze, leuchtende Punkte dort oben und eine Scheibe aus Licht.

Also ist Nacht über der Erde, die Volle Mondin leuchtet über dir, du schaust dich um.

Unter dir, neben dir und überall wachsen Gräser, zirpen Heuschrecken und Zikaden, laufen und lauern Wanzen, Käfer und Spinnen.

Du lauschst, du schaust, du versinkst in der Tiefe der Nacht.

Irgendwo in weiter Ferne heulen Wölfe.

Wölfe!? *Wann* bin ich überhaupt?, wunderst du dich, wo und wann und wie ...?

Dann endet dein Gedankenstrom. Schwärze fällt aus dunkler Nacht. Du aber bist nicht tot. Du schläfst. Du träumst von einem jungen Mann in einem kleinen Zimmer unter dem Dach.

Schau, dort liegt er auf seinem Bett. Ja, so ergeht es einem, wenn man müde ist und einer Entspannungscassette lauscht, gar noch ein paar Übungen mitmacht! Da schläft man ein, und dann ... kommen die Träume.

Einer handelt von einem jungen Mann, von dir selbst auf einer Bank im Park - und von dir, der du auf nassen Straßen im Dunkeln durch eine ausgestorbene Stadt wandelst. Dinge geschehen. Schreie und Stöhnen. Es sind Menschen, die da blutend sterben. Manche Taten geschehen hinter erleuchteten Fenstern in Zimmern oder im Dunkel der Räume dort drinnen, andere aber hier unten auf den Straßen.

Du träumst von den Wiesen dort draußen am Rande der Stadt, am Rande des Waldes und jenseits, wo die Wälder enden, wo die Wiese einen anderen Namen trägt - Prärie - und sich endlos erstreckt. Diese Weiten!

Du träumst von stillen schlafenden Seen, von anderen Welten, Welten, die es einst gab, die es in anderen Universen gibt, und von denen, die »nur« in den Träumen der Menschen existieren, in Märchen und Geschichten, in Hörspiel, Film und Computerspiel.

## Allein

Nachts allein im Gebirge, im Winter, im Schnee.

Da stehst du also, bewegst dich und schaust noch immer empor ins Licht der Vollen Mondin. Denn so lange sie scheint, ist Licht, also Hoffnung und Leben. Dabei ist dir, als hättest du all dies schon einmal erlebt, und sowas nennt man ja bekanntlich ein Déjà-vu-Erlebnis. Damals aber warst du nicht in den Bergen, sondern bei dir zuhause. Ja, jetzt fällt es dir wieder ein. All das sahst du doch einst einmal im Fernsehen: Ein anderer, jüngerer Mann ging verloren und musste in der Kälte überleben. Und er tat es. Aber das Schlimmste, sagte er dem Notrufteam, war die Zeit, als der Mond (so nannten sie seltsamerweise dort die Mondin) unterging. Vorher war es hell, aber dann nur noch Schwärze. Also stand er zunächst in der Kälte und bewegte sich. Später setzte er sich und blieb so sitzen, verkleinerte so seine Oberfläche. Noch später dann fanden und retteten sie ihn.

Du aber weißt, hier in dieser, deiner Welt scheint ewig hell und voll die Mondin. Niemals wird hierher ein Rettungsteam kommen. Hier bist du unter *ihrem* Licht allein. Hier musst du dich selbst retten, oder alles ist aus.

Also legst du dich in den Schnee.

Also entspannst du dich.

Also lässt du Prana, die Lebensenergie, durch deine Chakren fließen.

So bleibt nur deine Stirn warm.

So liegst du da und träumst.

Wovon?

Du träumst vom Fliegen, vom Schweben.

Und es geschieht: Du steigst auf dem Rücken liegend empor. Sanft treibst du durch die Luft. Auf *ihren* Strahlen steigst du hinauf, *hin* zu *ihr*, die dich ruft, hin zu *ihr*!

# Amok

Rasend durchrennst du die Nacht, Feuerwerksraketenleuchten in deinen Augen.

»Raus! Raus!«, schrie es in dir.

Diesem Ruf konntest du einfach nicht widerstehen.

»He du! Hast's aber eilig!«, lallt irgendwer an einer Ecke.

Nur kurz zuckt deine Hand im Lauf. Etwas blitzt im bunten Silvesterreigen. Schon weit, weit hinter dir sinkt röchelnd irgendwer zu Boden. Grau strömt sein Blut aus zerfetztem Hals.

Du aber rennst noch immer durch deine Mutter Nacht. Und nichts hält dich auf in deinem Lauf. So viele begegnen dir. Und alle lässt du sterbend zurück.

Wie seltsam, du wirst nicht müde!

Oder ist alles nur ein Traum, Rollenspiel, Simulation?, fragst du dich einen winzigen Augenblick lang. Liege ich irgendwo in einem Labor oder einfach nur zuhause, mit dem »Stecker« im Kopf, und tue, was »Amok« mir befiehlt?

# Atme ein, atme aus!

Atme ein und schau!

Weiße Schleier wehen dort.

Wo?

In schwarzer Nacht.

In dir!

»In mir?«, fragst du dich verwundert und blickst auf aus deinen Träumen. Deine Musik, einst von dir erschaffene Synthesizerklänge, tönt aus den Boxen der Stereoanlage. Das bin ich!, singt deine lauschende Seele wortlos mit.

Aber noch immer wehen weiße Schlei...

Wolken, weiße Wolken treiben dahin unter schwarzen, schwarzen Himmeln und ...

Ich schwebe!

Du bist eine unter ihnen. Unter dir verblassen die Lichter der Stadt. Dort oben aber, ja, jetzt ist sie da, so plötzlich, leuchtet hell die Volle Mondin!

Du schaust sie an.

Dann irgendwann schließt du deine Augen.

Du schaust noch immer ihr Licht.

Du hörst die Mondin in dir singen, vernimmst ihr Lied.

Du schwebst und träumst und siehst und hörst.

Jetzt riechst du auch die Frühlingssommernacht und fühlst die Sterne.

Nach Hause!, ruft es in dir, nach Hause!

Tränen sind es, die du weinst, Tränenschleier legen sich über deine Träume.

Du atmest aus.

### Das Bild

Das ist das Bild, welches ihm immer wieder erscheint, das da heraufsteigt aus ungeheuren Tiefen, das ihn überfällt bei Nacht nach einem Film, der ihn bewegt, beim sehnsuchtsvollen Klang des Synthesizers, beim Dröhnen der Orgel, beim sanften Spiel des Klaviers, das Bild, das immer wieder aus seinem Gestern auftaucht und ihm Tränen in die Augen treibt. »O mein Gott!«, schreit es in ihm. Meine Liebe, meine große Liebe so abrupt beendet, so blutig zerstört, vernichtet. Nie mehr kehrt sie wieder. Für immer verloren. Tot!

Für alle Ewigkeit?

»Wann?, wo? Und vor allem wie war denn das überhaupt?«, könntest du, liebe(r) LeserIn jetzt fragen. Doch tust du es denn?

Er erinnert sich nun auch an die Zeit davor, an die Zigeunerin, der er einst begegnet war. O ja, er erinnert sich gut. Sie sagte ihm alles voraus, und er glaubte ihr kein Wort.

Und er erinnert sich an die Zeit lange vor der Zeit davor, wie ihm scheint, weit entfernt. Er erinnert sich an sein Verbrechen dort draußen jenseits unserer Zeit und unseres Raumes, dort draußen.

Dann aber ist alles auf einen Schlag auch schon wieder verblasst, und er ist nur noch ein Mensch, wie du und ich, nicht weniger, nicht mehr, der um seine verlorene Liebe weint.

## Club der toten Dichter

Club der toten Dichter. So nennt sich ein Film im Fernsehen, den es jetzt auch auf Video zu kaufen gibt (bald wird es eine DVD sein, dann wird er sicher auch auf einer Blu-ray Disc erscheinen und was auch immer für ein Medium diesen folgen mag).

Und worum geht's in der Geschichte?

Ganz einfach: Er durfte nicht, was er wollte, und wollte nicht, was er sollte.

Das kennen wir doch, wir, die wir die Schönen Künste über alles lieben, dachte ich.

»Vater, hilf mir!«

Aber niemand war für ihn da. Denn sie verstanden ihn nicht.

So kamen die Raben aus seinen Träumen geflogen und riefen ihn krächzend zu sich. So sprang er mit kronenumhülltem Haupt hinab und zugleich zu ihnen hinauf. Ich komme!, dachte er seinen letzten Gedanken.

## Du lächelst mich an

Mein Gott, du, meine Liebe, die hübscheste Frau auf Erden, lächelst mich an.

Ich frage dich: »Dies alles?«, drehe mich dabei mit ausgestrecktem Zeigefinger des angewinkelten rechten Arms im Kreis. Also meine und markiere ich die ganze Welt um mich und dich herum.

Du stehst noch immer still vor mir und nickst.

Ich zeige auf mich.

Wieder bejahst du meine Frage. Jetzt aber nimmst du mich in deine Arme.

Und hinter mir sehe ich die Welt ins Nichts zerfließen. Dann löse auch ich mich auf. Und so kehren alle und alles zurück zu dir, der Frau, der Großen Mutter allen Lebens.

Ich wache auf. Alles war nur ein Traum. Gott sei Dank, wir existieren noch. Doch irgendwann wird es so geschehen. Darin war ich mir seltsamerweise ganz sicher. Doch dann kam alles doch ganz anders als einst erträumt:

Auch diesmal nickst du ein erstes und ein zweites Mal. Auch diesmal nimmst du mich in deine Arme. Dann zerfließen die Welt ins Nichts und - auch *du*! *Ich* aber bleibe am Leben. Denn ich schuf all diese Dinge, *dich* erschuf ich mir in meinen Träumen und die Welt um dich und mich herum. All dies fällt nun wieder in mich zurück.

### Edgar Allan Poe

Nachts
ein tiefer Schrei

Das ist die Trauer
um verlor'ne Liebe

Und einsam wacht
der Knabe am Grabe

Schatten
herab aus Dunkel
aus Todesschwingen

Schatten
herauf aus inn'ren Tiefen

Schatten
umdunkeln den Geist

Und Schönheit
stirbt in seinen Armen
nach Hungerjahren

Der Dichter - ein Mensch
siecht leise dahin
So fern, so fern des Lichtes Tanz
So nah dem dunklen Schweigen

## Einer in der Nacht

Einer geht da einsam durch die Nacht.
Und niemand in der Stadt erwacht.
Halt! Jetzt bleibt er stehen.
Was tut er da?
*Zoom ran*.

Er öffnet seine Augen ... Doch nur die Lider, denn er ist blind.

Also öffnet er seine Augen nicht. Also bleibt er auch nicht stehen. Also geht er nie im Leben, nie und nimmer einsam und alleine in dieser Nacht durch diese Stadt. Also ist alles Lüge, was dieser und andere Dichter sehen und schreiben und reden. Dies sei dir gesagt: Glaube ihnen kein Wort!

Und doch, der eine dort in der Nacht, der seine Augen öffnet oder auch nicht, der blind ist oder auch nicht, dieser eine da schlurft dennoch zitternd weiter durch die leeren Straßen dieser einen Stadt. Und niemand wird jemals erfahren, was ihm geschehen oder auch nicht geschehen mag.

## Ende und Anfang

Dieser eine Satz nur fällt dir ein im Warteraum:

Überall können sich die Tore öffnen, überall zu jeder Zeit!

Du wunderst sich ein wenig, schreibst die Worte aber auf. Sehr lyrisch, denkst du, daraus könnte sich durchaus eine Geschichte entwickeln, mal sehn, ob und wann und was es wird.

*Einige Stunden später.*

Du liegst, halb sitzt du mit dem Rücken zur Wand auf deinem Bett. Es ist spät in der Nacht. Du siehst mit Kopfhörern auf den Ohren in die Ferne, d. h. in deinen Glotzkasten, auch TV genannt, dort auf dem Schränkchen am Fußende.

Bist du eingeschlafen, dass du gar nichts bemerkst?

Oder schaust du so gebannt in den Kasten dort vor dir, völlig weggetreten, isoliert von der Außenwelt, in der dein Körper ruht?

Denn von dir gänzlich unbemerkt und wahrhaft hinterrücks lösen sich nun die Dinge auf: zunächst die Steine und der Verputz, dann die Tapete und jetzt auch die Kissen, an denen du lehnst. Schon fällt dein Kopf zurück ins Nichts, dein Oberkörper folgt und - hui! - saugt dich ein - die Schwärze.

Du schwebst auf dem Rücken liegend irgendwo im Nirgendwo.

Das aber weißt du nicht.

Du öffnest deine Augen.

Doch noch immer umhüllt dich rabenschwarze Nacht.

Du hebst deinen rechten Arm, tastest mit den Fingern nach den Augen.

Doch da ist nichts!

Du weißt nicht, dass nur ein Abbild deines Körpers geblieben ist, der letzte Schimmer eines Menschen, der

jetzt völlig verblasst. Keine Augen, keine Arme, kein Körper.

In der Schwärze taucht dort auf ein weißer Schimmer,
den deine Seele schaut.

In der Stille erklingt ein tiefer vibrierender Ton - OM,
den deine Seele hört.

In der Leere sind da ein süßer Duft, ein sanftes Streicheln und …

Das Weiß wird größer, der Ton schwillt an, intensiver
werden Duft und Berührung.

Jetzt erst erkennst du die Anderen neben dir, die sind
wie du. Auch sie sind erwacht. Glücklich umfließen sie
dich und fließen in dich hinein.

DU lächelst ein letztes Mal einen winzigen Augenblick
lang: HEIMGEKEHRT.

Dann erklingt ein »WIR SIND!«

## Es werde ...!

»Jetzt, jetzt, jetzt!«, hörte sie einmal, zweimal, dreimal hintereinander und dann nach Pausen immer wieder jemanden rufen. So wachte sie auf in der Nacht draußen am kerzenbeleuchteten Tisch. Das Eis vor ihr auf dem Tisch war bereits geschmolzen und noch immer dröhnte der Sound aus den Boxen, und doch ...

Also war sie eingedöst und nun erwacht: Jetzt!

Was?, fragte sie sich, sprach dann diesen einen Gedanken laut aus. »Was oder wer?«

Doch niemand saß da bei ihr am Tisch. Also hörte auch keiner ihre Frage.

Eine Männerstimme, dachte sie nun, begann sich zu erinnern. Aber was heißt denn hier »Jetzt!«?

Jetzt, jetzt, jetzt!, fiel ihm am Abend in der Markthalle in Kaiserslautern ein, die keine Markthalle war - ha, welch ein Zufall oder nicht oder doch oder wie? - an einem Tisch mit leuchtender Kerze und einer Portion gemischtem Eis mit Sahne. Er schrieb es auf und sah nicht mehr - da, er schaut ja doch wieder hin! - die hübschen Frauen an, überall um ihn herum.

»Jetzt, jetzt, jetzt!«, hörte er eine Stimme in sich sprechen. So schrieb er zunächst »er«, änderte das aber dann in »sie«. So wurde, wird sie jetzt aus ihm geboren - jetzt, jetzt, jetzt! - aus ihm heraus, seinem Geist entsprungen:

»Es werde Frau, Freundin, Liebe!«, hatte er gesprochen, »Jetzt!«

Und also geschah es.

## Etwas kommt

Ein runder Saal, von seltsamen Säulen getragen, die stehen so fern. Oder gehen sie und stehe ich? Denn da ist Bewegung.

Drehst dich im Kreis.

Und die Tore fallen zu mit einem Donnern, ringsum, überall dort, wohin deine Augen im Drehen schauen.

Dann aber schließen sich auch deine Augen.

Du bleibst stehen. Schaust empor.

Dort oben, wo eben noch so fern, und doch erreichbar für die Fledermaus, die Decke sich wölbte in funkelndem Gold, leuchtet nun der sternenfunkelnde Himmel deiner Erde.

Du hebst deine Arme empor, streckst deinen ganzen Körper und atmest ein, so tief. Du senkst deinen Kopf, lässt deine Hände nach unten fallen, so atmest du aus. Dann streckst du wieder deinen Oberkörper, hebst deinen Kopf empor, lässt ihn nun aber in den Nacken fallen. So bleibst du stehen mit geschlossenen Augen, wartest und weißt nicht, worauf. Ein Mensch allein in der Leere, fragst nicht nach all den Anderen, sondern wartest einfach ab.

Etwas kommt von oben.

Du weißt es. Du siehst es tief in dir von oben sich herniedersenken. Dort, wo eben noch deine Augen waren, sind jetzt nur noch leere, schwarze Höhlen.

Etwas fällt herab, sinkt lautlos in die offene Kuppel der Kathedrale, in der du noch immer mit in den Nacken geworfenem Haupt stehst und wartest. Etwas wird wieder eins mit dir und riecht sich um und lauscht. Dann öffnet es seinen Mund und ruft die Anderen.

Sie treten heraus aus Raum und Zeit. So versammeln sie sich, um was zu tun, um wem was anzutun?

Keinem Menschen ein Leid.

Denn du, der du einst hier standst, warst einer von ih-nen, als Mensch auf Erden geboren, doch immer fremd, von Anbeginn schon immer etwas Anderes gewesen.

## Fasching

Du tanzt mitten in einer Menschenmenge.

O ja, es ist Faschingszeit. Biofasching, die große Fete bei den Biologiestudenten an der Universität.

Ein wenig bist du weggetreten bei *diesem* Sound. Laut dröhnen dort draußen die Boxen. Und alles schwingt und klingt schon fast synchron, scheint dir ein Ton. Ein Klang ist die Welt!?

Knall!

Du öffnest deine Augen - und alle tun es zeitgleich mit dir.

Mauer und Fenster sind verschwunden. Eisige Winterluft braust herein.

Dich aber reißt ein Sog hinaus. Noch einmal drehst du deinen Kopf herum. Dort siehst du all die anderen Menschen stehen. Erstarrt sind all die, in deren Mitte du eben noch warst.

Dann liegt nur noch dein Morgen vor dir. Und das ist eine weiße Ebene, die endlos scheint. Weit hinter dir entfernt, es könnten Lichtjahre sein, liegt die Erde. Sind Ewigkeiten vergangen?

»Leg ab!«, brüllt die Stimme aus dem Sog in dir, »leg ab!«

Und deine Kleidung bleibt brennend zurück.

Noch immer fällst du aufrecht stehend in die Weite aus Licht.

»Leg ab!«, schreien Licht und Klang.

Und deine Haut fällt brennend ins Gestern. Fleisch und Knochen sind wieder zu Staub geworden.

Alles, was von dir bleibt, ist eine leuchtende Kugel, eine rasende Kugel aus rotem Licht, die weiterhin dem blauen Licht entgegenfällt.

# Flatline

Während der Beinoperation am zuckerkranken Patienten - ach sorry, während *einer* Operation von so vielen, um das Bein zu retten, immer, wie auch jetzt wieder, die drohende Amputation vor Augen, passierte es, wie mir mein Bettnachbar im Krankenhaus von Kaiserslautern erzählte.

»Null-Linie!«, rief der überwachende Arzt, und er ...

Krümme mich ein wie ein Embryo und steige auf. Irgendwo ist helles / dunkles Licht. Unten liegt mein Körper. Und irgendwas macht der da an der Brust herum. Jetzt stülpt er eine Haube / Maske über mein Gesicht. »Kein Null mehr!«, ruft irgendwer oder er?

Höre den Herzschlag wieder, sinke zurück, hinab in meinen Körper, und die Lichter sind wieder wie zuvor.

## Fühlen und leben

Da lag er also gemütlich auf seinem Bett, den Kopf durch mehrere Kissen gestützt, den Körper warmgehalten von einer Decke, und schaute geradeaus. Hinaus?

Nein, nein, geradeaus!

Ja, er sah in die Ferne, fernseh, TV. Endlich, schon lange gewünscht, sah er sich den Film *Ein Mann, den sie Pferd nannten* an.

Da geschah es. Es passierte in dem Augenblick, als die Bilder vom Indianerlager vorüberflimmerten, sie und die Weite der Prärie und die Nacht. Diese Nacht dort draußen war es, die er fühlen konnte, so real, als wäre er selbst dort. Also brach die Frage förmlich aus ihm heraus: »Und *wo* bin ich?«

Und schon rasten die Gedanken: Hier in einem Zimmer einer Stadt. Eingesperrt! Alle Fenster sind geschlossen.

Dann ist es also der Ruf der Natur, der Weite, der Vergangenheit, der mich gerade eben gepackt hat?

Und er erschauderte vor Sehnsucht, weinte, schrie und lachte, denn jetzt ...

Dieses Land aus Gras, so weit dein Auge reicht, es heißt Prärie. Nun ja, das ist nur ein Menschenname.

Du stehst auf und drehst dich im Kreis, schaust dich um und atmest ein. Luft, so klar und rein, wie nie zuvor in deinem Leben.

Dann gehst du dem aufgehenden Sonn entgegen.

### Fünf Wellen

Die Wellen, dachte er, die Wellen!
So kamen sie und nahmen ihn mit sich fort.
Schrie er?
Nein! Er schrie nicht, *noch* nicht!
Die Erste nahm fort seine Kleider.

Nackt saß er jetzt da am Tisch mit seinem so knusprigen Brathendl bei den anderen vom Stammtisch mitten im Maikerwezelt.

Die Zweite nahm fort Haut und Haar.

Oh, wie er jetzt schrie!

Und alle schauten stumm herum.

Die Dritte nahm ihm Muskeln und Fett, Bauch und Herz.

Die Vierte fraß Knochen und Hirn.

Und die Fünfte riss den Rest mit sich hinfort: »ICH, Ich, ich« - verklang das Piepsen seiner Seele.

## Gewinner oder Verlierer?

»Was bist du? Gewinner oder Verlierer?«, fragte einst einer einen anderen in einer Kneipe.

Und der andere antwortete mit siegesgewohntem Lächeln: »Gewinner! Was sonst?«

»Hahaha«, lachte da grölend der ei... - der Schwarze Mann, »wir verlieren doch alle - auch *du*, Gewinner - unser Leben!!!« und verschwand.

Siehst du, und jetzt hast auch du, liebe(r) LeserIn deine Wette und deinen Glauben verloren und bist enttäuscht, dass danach einfach keine Horrorszene, kein Gemetzel, keine Verwandlung oder was auch immer mehr kam.

# Glühweinstand

Samstagabend, schon Nacht in der Stadt.

Glühbirnenlichter schreiben ein Wort in sanftem Kreis über den Köpfen der Menschen, die da vermummt mit heißen Krügen dicht gedrängt in der Kälte stehen: GLÜH-WEIN.

Fast unentdeckt und unbeachtet, nicht sonderlich groß, doch sehr echt wirkend: Der Weihnachtsmann, Santa Claus, mit langem weißen Bart dort oben, steht aufrecht da im Fesselballon, schaut durchs Fernrohr nach rechts, nach links - nach rechts, nach links - nach rechts, nach ...

Klarer Fall, denkst du, Motor.

Doch jetzt nimmt er sein Fernglas herab und blinzelt dir zu.

Du siehst es und erstarrst. Denn der kleine alte Mann dort oben lebt. Und wie der lebt! Jetzt schwingt er sich hinab, so jugendlich fit - das hättest du ihm niemals zugetraut - springt vom Budenrand über Kopf und Kopf und Kopf all der Menschen, die blind für das Geschehen sind, schließlich auf das Dach der nächsten Bude und ist auch schon im Dunkel verschwunden.

## Grau und rosa

Noch blass hinter grauen Wolken, hinter deinem Rücken ...

Du drehst dich um.

Jetzt kommt sie leuchtend hervor: die Volle Mondin.

Du drehst dich zurück, bleibst dabei noch immer staunend stehen.

Vor dir dort oben - wie kitschig schön - schweben rosarote Wolkenbänder, so weit dein Auge reicht, über und vor den drei Kirchturmspitzen deiner Stadt mit Namen Kaiserslautern.

## Heavy Metal Show

Du musst es einfach tun, denn laut schreit es in dir: »Geh hin!«

Also gehst du zu diesem Heavy Metal-Konzert. *Deine* Band spielt in der großen Stadt ganz in der Nähe. Drum kaufst du dir die Karte schon Wochen zuvor. Denn wer zu spät kommt, den bestraft das Leben, fällt dir ein. Also fährst du hin, alleine, erst mit der Bahn und weiter mit dem Bus.

Jetzt bist du mitten unter ihnen, den Fans, die so begeistert sind wie du. Im Unterschied zu vielen anderen aber hast du etwas geschafft, was nur wenigen gelang: Du stehst ganz vorne an der Bühne. Mein Gott, so nah! Jung fühlst du dich jetzt, wie die anderen es sind und du es einst auch einmal warst.

Jetzt schreist du und stampfst den Rhythmus und singst und tanzt. Längst hast du die Pillen geschluckt und einen, noch einen und einen weiteren von den Hochprozentigen gekippt.

Jetzt bist du voll auf Speed.

Jetzt geht die Post ab.

Jetzt machst du die Nacht zum Tag.

Jetzt bist du jung und frei.

Jetzt ist alles gut.

Jetzt zerfetzt der Sound dir alle Nerven.

»Irre geile Show dort oben, echt stark pyro!«, ruft irgendsoein Typ neben dir.

Und träumend schaust du aus der kurzen Pause, Bühnenumbau, auf. Ja, da sind Feuer und Licht, Rauch und das Blinken der Flammen im Rhythmus der einsetzenden Trommeln. E-Guitarren jaulen auf, Bässe dröhnen. Und *er* dort oben, deine große Liebe, er, auf den sicherlich auch all die anderen Frauen neben dir total abfahren, doch niemals so sehr lieben wie du, darin bist du dir ganz sicher, *er* steht jetzt ganz vorne, senkt den Flammenwerfer hinab und drückt ab.

Tolle Attrappe!, denkst du noch. Mal sehn, was das jetzt wird.

Doch Scheiße, Mann, der ist ja echt! Du brennst, du schreist! Die Hölle!

Und mit dir schreien und brennen alle hier vorne und weiter hinten und überall.

Tja, Feuer und Flamme sein für die Jungs dort oben. Waren wir das nicht schon immer?

Doch auch sie dort oben auf der Bühne brennen.

So sind sie nun mit all ihren Fans für immer und ewig vereint. Denn das ist wahrlich ihre letzte, größte Show, saustark, geil und echt pyro, Mann!

## Heute und gestern und morgen?

In einer kleinen Stadt mit Namen Kaiserslautern, also irgendwo auf der Erde, nun ja, in Mitteleuropa, Deutschland, der Pfalz, da geschieht es, ist irgendetwas von einem Augenblick auf den anderen gänzlich anders.

Er war gerade spät in der Nacht die Treppe im Hausflur hochgestiegen und hatte die Tür seines Zimmers aufgeschlossen. Hier stimmt doch was nicht, dachte er noch, öffnete aber dennoch die Tür, wie immer, trat über die Schwelle, die - aha! - war in blaues Licht getaucht.

Ein Zischen.

Und er schrie auf vor Schmerz, so lang, so stark! Irgendetwas hatte ihn getroffen. Schreiend sah er an sich hinab, sah den schwarzen Speer, der da zitternd aus seinem Bauch aufragte. Schreiend und sterbend fiel er hinab in Schwärze, wurde selber Schwärze, die fiel noch immer den endlosen Fall, war längst schon aufgegangen im schwarzen Raum, in das sich sein Zimmer verwandelt hatte.

Irgendwo, irgendwann, wer weiß!, ist da ein anderes Bild:

Brummend trat er über die Schwelle seiner Höhle und hinaus in die lockende Nacht, für ihn die Zeit des Wachens. So schritt er also über die Schwelle seiner Behausung, ahnte noch nichts.

Halt! Etwas roch er, das war doch zuvor nicht da. Er roch das Andere, das da draußen lauern mochte. Vorsichtig lugte er hinaus, bereit zur Flucht zurück in sein sicheres Heim. Doch da irrte er sich. Denn es, was auch immer es war, lauerte jetzt im Innern.

Schon zischte rasend der weiße Pfeil heraus, traf ihn von hinten in den Hals. Mit tiefem Röcheln hauchte er sein Leben aus. Seine befellten Hände tasteten noch einmal empor und fassten den strahlenden Pfeil aus Licht.

Seine Hände verbrannten in weißem Feuer, wie auch sein Körper zu schwarzer Asche zerfiel. Schreiend zerfiel er im aufgehenden Feuer des Morgensonns zu Staub.

Und da ist auch noch ein drittes Bild, denn nicht nur alle guten Dinge sind drei:

Gewaltig ragen die Wolkenkratzer vor dir und deinen staunenden Blicken auf - ein Lichtermeer nicht jetzt, doch bei Nacht, kilometerweit in die Himmel dieser, deiner Erde.

Dann schwebst du ohne Laut empor. Vögel umflattern dich, den Vogelmenschen, der keine Wohnung mehr hat, kein Zimmer und keine Höhle. Fliegen und jagende Formationen von Mauerseglern umschwirren, umrasen schreiend dein Haupt. Du hast die Augen geschlossen. Das Zwitschern der Lerchen aus den Lüften ist fern. Wie glücklich du bist, drehst dich tanzend im Kreis, steigst noch immer empor.

Am Abend, an den Grenzen zur Nacht aber geschieht es, trifft dich so unerwartet der tötende Ton aus Vogelkehle.

Syrinx, denkst du noch, Syrinx. Dann Licht, dann Schwärze, Licht und Schwärze. Dein Leben, all deine Leben zu allen Zeiten und all dein Sterben rasen an dir vorbei, also auch dein Ende in einer Höhle, dein Ende in einem Zimmer, dein ... Du ... (da ist nichts mehr).

## Kerzen und Lichtung

Erst brannten da nur die Kerzen im *Dracula*-Film, doch dann ...

Du sahst die Kerzenflammen, eine auf jedem Tisch.

Ja, dachtest du, diese und viele mehr. Und im Zentrum sitze ich.

Still brennen die Kerzenflammen, ohne Zittern. Und es ist Nacht und warm und Sommer. Kein Wind weht hier draußen in der Wirtschaft auf der Lichtung im Wald. Licht im Dunkel.

Dann aber erscheint dir ein anderes Bild: Du sitzt in strahlender Helle. Schwarze Flammen brennen auf weißen Kerzen. Sie saugen das Licht des Tages ein. »Schwärze«, schreit es in dir, »Nacht« und WIR.

Ein buckliger Zwerg aus dem Film *Das letzte Einhorn* spricht dazu die Worte: »Kreaturen der Nacht ans Licht gebracht!«

Ein Satz nur, der sich immer wieder wiederholt in deinen Ohren, in deinem Hirn, in deinem Geist, in dir.

Ich, ich, ich ... wir, wir, wir ..., stammelt es nun.

Und jetzt erklingt auch noch ein Lied von *Genesis*.

Und noch immer leuchten die Kerzen neben dir, unterhalten sich leise die beiden jungen hübschen Frauen.

Du schließt die Augen. Der Kugelschreiber in deiner rechten Hand schreibt wie von selbst - diese Zeilen. Träumst du? Driftest du gänzlich ab, hier an diesem Ort, bei Tee und Wärme, Duft, Musik und Kerzenlicht?

Du träumst, durch Mauern zu gehen - wie so oft schon zuvor, oder die Wand empor, kopfunter unter der Decke zu laufen wie Teufel und Vampir.

Dann wiederum purzelst du Kopf voran Purzelbäume schlagend durch die Luft.

Jetzt aber erklingt ein neuer Sound.

Aus den Bergen, denkst du noch, schon verwandelt.

Minka, die Katze mit dem braunen Fell, setzt sich

schnurrend auf deinen Schoß. Auch sie sieht wie du, hört und riecht die Wölfe, die sich dort draußen in der Kälte des Winters sammeln.

Und die Volle Mondin enttarnt sich nun, taucht hinter dunklen Wolken, wo sie verborgen leuchtete, rot und röter auf. Blut regnet auf den Wald hernieder.

Und du siehst, wie sich die Kronen der Bäume in gierig sich öffnende Münder verwandeln.

Mein Gott!, denkst du, diese Eckzähne - was für Raubtiere, Reißtiere, Vampire! Sie lecken sich ja förmlich die Lippen und schlürfen den noch immer rieselnden Blutstrom ein.

Und was tust du bei all dem, um zu überleben?

Du sitzt noch immer auf dieser Lichtung. Kerzen brennen in Kreisen, in Spiralen um dich herum. Bis in die schwarze Finsternis hinein und weiter bis hin zum roten Strahlenmeer der Mondin reichen die leuchtenden Kerzenflammenspiralen. In grünem Licht brennen sie. Also sind rot und grün in Schwärze vereint.

Welch Leuchten in der Nacht!

Und irgendetwas ist vollbracht?

Du schaust hinab auf ... Deine Beine sind eingeschlagen im Lotossitz.

Wann geschah denn das? Wie hab' ich denn das geschafft? Ist also alles doch nicht mehr als ein Traum?

Schon schwebst du einen Meter über der Erde, die jetzt so dunkel unter dir liegt, während über dir das Farbenmeer braust und brandet.

Aber nein, auch dort unten leuchten nun Farben auf. Blau strahlt das Gras der Lichtung unter dir.

Was mag das alles bedeuten?, fragst du dich, der du am Tisch der Wirtschaft sitzt und dich dort draußen siehst, der du dort schwebst und dich in einer Kneipe schreiben siehst und dann wieder an einem Schreibtisch in deinem Arbeitszimmer am PC, der du doch noch immer auf einer Bank unter Platanen sitzt.

Wer träumt hier wen? Und wer bin ich? Wer ist das Original und wer die Kopie?

In einem kleinen Zimmer unter dem Dach einst, und jetzt in einer anderen Wohnung, so und so und anderswo. Wechselnde Wohnungen im Laufe der Zeit - Menschenschicksal. Doch überall leuchtet dieselbe Volle Mondin.

Ach ja, jetzt fällt's dir wieder ein: Schriftsteller bin ich ja, den fast keiner kennt und der dennoch vom großen Ruhm träumt, wovon sonst. Und hättest du ihn, wäre deine größte Sehnsucht: Ruhe, Stille vor dem Medienhype.

Und noch mehr bin ich: Verleger mit Büchern über Spinnen und Spinnerei im Programm. Und da ist ja noch etwas wirklich fantastisch Tolles: das Verlagssignet, -logo. Es ist eine fliegende, nein schwebende, erleuchtete Schildkröte. Das ist das Erbe, das dir deine Rotwangenschmuckschildkröten vermachten. Denn du sahst sie einst träumen und sich sonnen oben bei dir in deinem Zimmer unter dem Dach.

## Kopf und Arme

Du breitest deine Arme aus. Nein, du hebst sie nicht empor. Du bildest auch kein Kreuz. Du lässt sie unten, streckst sie nach hinten. Hat was vom Fliegen. Doch du hebst nicht ab bei diesem Sound. Manowar fetzt voll aus den Boxen. Und dein Kopf fällt dir in den Nacken. So gehst du durch die Tür deines Zimm...

Du gehst durch das Tor, denn du hast die Augen geschlossen, denn deine Beine laufen, rennen, rasen - bewegen sich dann wieder zeitlupenhaft langsam und lautlos dahin.

Weit öffnet sich dein Mund.

Rufst du? Und wenn es so wäre: wen oder was?

Schreiend schreitest du durch diese Nacht der Nächte.

Irgendwo sieht dich irgendwer, der sieht so aus wie du!

Bin ich es selbst?, fragst du dich, doch niemals ihn.

Irgendwer sieht Flammen einen großen Menschen einhüllen, der dann auch schon seinen Augen, seinem Geist entschwunden ist. Schon jenseits des Tores, in Schwärze gefallen, nur noch ein leuchtender, summender Punkt - verglüht.

Also ist es doch so: Du hörst den Sound in deinem Zimmer. Du bist es, der brennend und schreiend im Nichts entschwindet. Du bist es, der all dies sieht. Du bist es, der alles aufschreibt und der es jetzt liest. DU! Du allein.

Sollten da nicht irgendwo noch andere Wesen sein!?

## Magier

Du öffnest deinen Mund.

Worte, so viele sinnlose Worte strömten nun heraus, wärest du ein Mensch. Doch ...

Oder aber ein Feuerhauch! So ist es, wenn Drachen erwachen und lachen.

Aber es sind weder Worte noch Flammen. Und doch sind es Geschichten, die deinen sich nun schließenden und wieder öffnenden und immer wieder neu sich öffnenden und schließenden Mund verlassen. Denn du bist ein Geschichtenerzähler. Und sind sie auch noch so kurz, du bist es!

Also bist du doch ein Mensch?

Nein, einer der letzten Magier deiner Zeit auf Erden. Also allein.

Und deshalb fließen jetzt Tränen aus deinen Augen. Du weinst.

## Nacht und Mondin und Wolken und ...

Und alles ist so hell und klar. Jetzt und hier - bei Nacht.

Still (für deine Ohren) leuchtet das Licht der Straßenlaternen. Ein Nachtfalter nur, so einsam und allein. Der schwarze kleine flatternde Schatten dort: eine Fledermaus. Und dann sind da noch die Windlichter draußen vor den Kneipen.

Und die Volle Mondin dort oben verschwindet hinter grauen Wolken, die jetzt hell leuchten, an ihren Rändern aufleuchten. Wenige Sterne strahlen im schwarzen, nein, blauschwarzen Himmel.

Und dort geht, fast eins mit der Nacht, ein kleiner, großer Poet vorbei an den Menschen, die da sitzen vor und in den Kneipen der neuen Altstadt von Kaiserslautern.

Dann aber taucht sie wieder auf, so hell, so klar wie das Bild der Welt bei Nacht in seinen / deinen Augen, deinem Geist, deiner Seele - bei Nacht: die Volle Mondin.

# Nachtmeer

Du öffnest die Augen.

Zuvor war da der Ton in deinen Ohren, wie ein Flüstern, Wispern, hell und vieltausendfach von allen Seiten. Du öffnest deine Augen und siehst die Welt so wunderbar und hell, doch weder bunt noch grün.

Wo bin ich?, fragst du dich. Doch sprichst du es niemals aus.

Eine Wiese, denkst du verwundert. Und nichts ist da, was sich bewegt. Nirgendwo! Kein Zwitschern, kein Zirpen, kein Heulen in der Nacht, nur dieses Wispern und Flüstern tief in mir.

Du erhebst dich. Einen Augenblick lang stehst du still. Dann drehst du dich langsam über den Gräsern im Kreis.

Dort oben ruht still die Volle Mondin, gigantisch, hell und rund. Doch nirgendwo funkeln da Sterne.

Du drehst dich noch immer im Kreis.

So weit dein Auge reicht, wachsen Gräser, wiegen sich jetzt - das Wispern schwingt auf und ab - wiegen sich vor dir - bis zum Horizont.

Was für ein Meer, ein gräsernes Meer in tiefer Nacht, denkst du und fällst - noch nicht. Du gehst der Mondin entgegen, die dort vorne, so tief, so groß, scheinbar so nah vor dir leuchtet.

Und die Halme weichen vor deinen Schritten zur Seite, um hinter dir wieder zusammenzurücken.

Du drehst dich um und schaust zurück.

Keine Spur.

Ich gehe, und nichts bleibt von mir zurück?

Das Flüstern wird stärker und stärker.

Du hältst dir die Ohren mit den Händen zu. Doch es ist ja in dir, wie du längst weißt. Aus allen Dimensionen dringt es in dich ein. Dann erlischt dein Denken: ICH ... Ich ... Ich ... ich ... ch ... h ...

Ewigkeiten später.

Irgendwer kommt, irgendwer sieht, irgendwer denkt: Dort ist ja ein Mensch, im Schritt erstarrt über den wogenden Gräsern. Schwarz ragt seine Silhouette vor der vollen Scheibe der weißen Mondin auf. Oder ist es nur eine Vogelscheuche, die aussieht wie ein Mensch? Aber hier gibt es doch keine Vögel und nichts zu verscheuchen! Nun ja, vielleicht gäbe es sie, wäre da nicht diese Menschenscheuche. Ansonsten ist da nichts als Gras, so weit das Auge reicht. Nichts und niemand außer mir. Und ich bin müde, so mü-de.

So legt er sich hin und schläft ein. Eins aber ist sicher, steht unabänderlich fest: Irgendwann wird er das Flüstern hören, seine Augen öffnen und ...

# Schau!

»Schau!«, spricht die Stimme in dir.

Blick von oben hinab auf eine Stadt mit einem Rathausturm, ringsherum wächst Wald.

Und dort ist ein Leuchten, das sich aus einem Haus heraus-, hinauswindet, Straßen entlang und wieder hinein in ein anderes Haus und wieder hinaus, jetzt aber empor!

Sieh da, ein kleiner Rainar geht und steht, steigt auf und wandelt sich - seine zweite Geburt! - wirft seine alte Körperhülle ab und bildet eine neue, immer und immer wieder.

Ja, so erblickte einst Manfred der Magier in sternenklarer Nacht das Licht der Vollen Mondin.*

*: Rainar Nitzsche: *Der Leuchtende Pfad des Magiers.*

# Schreibe!

»Schreibe! Schreib es auf! Tu es!«, spricht von irgendwoher die Stimme in dir, ein Flüstern in deinen Ohren. Oder sind es nur Bilder aus einem Horrorfilm? Gar ein Erlebnis aus dem Krankenhaus?

Dort unten siehst du dich liegen. Sie sägen dein Brustbein auf - das ist mein Herz? -, das sie nun öffnen, um die abgerissene Klappe festzunähen?

Also tust du es, wiedergeboren, zurückgekehrt, auferstanden. Du fühlst den Schlag deines Herzens. Und im Spiegel siehst du die senkrechte Naht blutrot nach unten verlaufen. Auch ein paar andere Narben blieben dir als Andenken an die große Operation.

Dann ist da dein alter Traum: Du öffnest die Augen. Decke und Dach sind verschwunden, über dir leuchten still Sternenmeer und Volle Mondin. Du liegst auf deinem Bett, im zweiten Stock eines Hauses, nun schon lange nicht mehr in einem kleinen Zimmer unter dem Dach. Ringsherum Schwärze. Ein Traum, denkst du. Also schließt du die Augen und ... öffnest sie ein zweites Mal: Noch immer strahlen dort oben Sterne! Aber deine Hände neben dir fühlen feuchtes Gras. Du schaust dich um. Allmählich wird Licht. Wiese, so weit dein Auge reicht. Du schließt deine Augen ein zweites Mal. Irgendwann wirst du sie ein drittes Mal öffnen.

Du erwachst. Wo bin ich?

Der Himmel ist weiß und strahlend der Raum über dir. Und dort saugt ein der Schwarze Sichelmond das Licht.

Und was wird nun mit mir geschehen?, fragst du dich.

Du verlässt deinen liegenden Körper, schaust dich an. Das bin ich?, fragst du dich.

Doch niemand antwortet dir. Dann steht dein Körper auf.

Halt! Warte auf mich!, willst du noch rufen.

Denn er geht aufrecht davon, wird kleiner und kleiner, entschwindet im Weiß.

Gate gate - Gegangen Gegangen.

Und ich, nenne mich Seele, schwebe empor in anderes Leben.

Paragate - Darüber hinaus gegangen.

Und irgendwo singt wieder und immer wieder das Sutra des Herzens:

Gate gate - Paragate - Parasamgate - Bodhi - Svaha.*

*: Sanskrit: gegangen gegangen / darüber hinaus gegangen / vollkommen offen / erleuchtet / gegrüßt.

## Silvester

Eis liegt auf den Straßen.

Da heißt es: Nur nicht stürzen! Sachte, sachte, mit Bedacht!

Jungs schlittern vorbei. Ja, wer wagt, der gewinnt - oder auch nicht.

Granatsplitter!, denkst du, als dich ein Eisstück am Kopf trifft. Zwei Jungen haben einen Knaller im lockeren Eis gezündet, dort rechts von dir auf der Straße.

Und weiter wanderst du durch die Nacht, jetzt aber durch ausgestorbene Straßen. Keine Sterne, nirgendwo am Himmel. Hinter Wolkenschwärze verborgen!? Und auch die Volle Mondin?

In *einer* Version gelangst du schließlich nach kleinem Rundgang durch die Altstadt in die Kneipe mit Kerzenlicht, die du gestern erstmals betreten hast. Dort setzt du dich, trinkst ein Glas schwarzen Tee. Offen sein und nichts erwarten, aber alles erhalten. Wer weiß, wen du dort treffen wirst.

Aber wen interessiert das?, denkst du, liebe Leserin, lieber Leser. Mich doch nicht!

Also stopp!

Schließt du deine Augen dort am Tisch bei Kerzenlicht und Tee bei Wärme und sattem Sound?

Nein!

Also schließt du die Augen hier draußen und tust das Unglaubliche. Du gehst mit geschlossenen Augen weiter auf glatter Straße.

Dann irgendwann rutschst du aus.

Reflex: Du streckst die Arme aus und die Hände, öffnest deine Augen. Kannst nichts erkennen, fällst noch immer und ...

Ja, das ist das Abenteuer in der Silvesternacht. Das ist Action, denkst du noch, ein letztes Mal in dieser Zeit.

Aber da ist kein Aufprall auf hartgefrorener Erde, auf Asphalt, auf steinerner Wand oder heranrasendem Automobil!

Wieder öffnest du die Augen: Ich rutsche über Eis, rase eine Schräge hinab. Ein wenig aufwärts jetzt fliege ich auch schon durch Luft und schwarze Nacht. Dort sind ja die Sterne über mir. Unter mir schweben Wolken?

Falle hindurch, drehe mich im Kreis.

Schnee!

Aber die Schneeflocken sind nicht weiß. Sie sind rot, rot wie Blut. Und auch ich bin Schnee, denkst du, trittst aus dir heraus und schaust deinen neuen Körper aus Schneekristall, aus rotem leuchtenden, sich drehenden Kristall. Und schon willst du mehr wissen: Wer sind wohl die anderen?

»Mehr Action, jetzt!«, spricht irgendwer von irgendwoher.

Und schon wirbeln all die roten Schneeflocken, also du und die anderen, schon wirbeln wir umeinander, lösen uns auf und vereinigen uns, sterben und werden zugleich wiedergeboren. Also formt Röte über blauer Erde einen neuen Körper.

»Wir sind Legion!«, singen wir im Fallen.

Dort unten rennt ein roter Wolf über diese einzigartige, wahrhaft blaue Erde, auf der auch schon die anderen Wesen warten: Da ist die schwarze Katze mit ihren leuchtend grünen Augen, die gelbe rotäugige Ratte, die weiße Fledermaus und die goldene Drachin.

Wir wissen, dass jedes Wesen aus einer anderen Zeit, aus einer anderen Welt stammt.

Wir sehen Drachin, Fledermaus, Ratte, Katze, Wolf.

Doch sind das ihre wahren Körper?

Als was nehmen sie *uns* wohl wahr, die wir Legion - Unzählige sind?

Und wie viele sind sie?

Was mag hinter all dem stecken?

Und ...

Fragen über Fragen sind das.

Doch niemand weiß eine Antwort. Auch nicht der Schöpfer dieser Wesen und - dieser Zeilen.

Und wie ist es mit dir?

## Sound und Gehen

Bei diesem Sound ...

Meine Musik, denkst du.

Und die Boxen vibrieren und dröhnen und singen hell zugleich.

Bei diesem Sound breitest du deine Arme aus, nach hinten, nach unten und zur Seite.

Bei diesem Sound gehst du durch die Tür - mit geschlossenen Augen. Und so nimmst du auch nicht wahr, dass deine Hände die Wände auf beiden Seiten durchgleiten. Doch schaust du nun hinab und siehst den Boden des Zimmers so weit entfernt wie nie zuvor.

Also schwebe ich, denkst du verwundert.

Und noch immer klingt der Sound in deinen Ohren und tief in dir. Und weiter schwebst du durch den ganzen Raum, durch Schreibtisch und Außenwand der Wohnung hindurch.

Gehe ich? (Dein letzter Gedanke)

## Sprung

Du stehst auf, mit einem Sprung empor bis in die Gipfel der Bäume - mein Gott, diese Energie! - aus dem Moos des Waldes heraus, wo du eben noch lagst und schliefst - seit Ewigkeiten?

Und es ist Nacht und warm - also Sommer?

Du schaust hinauf in die Volle Mondin, dein Kopf kippt in den Nacken, die Erde bebt, ein Dröhnen.

»Geboren«, flüstert deine Seele dir leise zu. Du schließt die Augen, öffnest deinen Mund. Jetzt erst kommt der erlösende Schrei: »Geboren!«.

Du hebst deine Arme, streckst sie empor in den Sternenhimmel, dem Licht, der Mondin entgegen - so voller Sehnsucht!

Dann lässt du sie wieder nach unten sinken, steigst dabei lautlos auf.

Aufrecht schwebst du über dem Wald. Jetzt erinnerst du dich an einen Traum vom Erwachen im Moos des Waldes. Du schaust dich um ... du schwebst über dem Wald durch die Nacht. Dort vor und unter dir auf einer Lichtung siehst du ihn stehen, der dich erschuf, Manfred den Magier, von Fledermäusen umschwirrt. Er lächelt dir mit geschlossenen Augen zu.

Und anderswo sitzt ein junger Mann auf einer Bank im Park, die Augen starr ins fahle Licht der Mondin getaucht, für alle Ewigkeit?

Und in einem kleinen Zimmer unter dem Dach lebt der, der sich all dies erträumte: den jungen Mann im Park, den Magier und den Wald - also auch dich!

# SSST

Er schloss seine Augen und drehte seinen Kopf nach rechts und links, also einmal hin und einmal her.

Etwas, das klang wie »ssst«, durchschwirrte dabei seinen Geist.

Er öffnete seine Augen und … fand sich wieder in einer anderen Welt.

Sternenklare Nacht mit Voller Mondin über der Erde, so groß, so nah! Und vor seinen Füßen wölbt sich ein Band aus schimmerndem Licht empor, das nirgendwo zu enden scheint.

Das ist ja der Leuchtende Pfad, denkst du, dem Manfred der Magier folgt. Und der bin ich?

So schließt du deine Augen und drehst deinen Kopf nach rechts und links, also einmal hin und einmal her.

Etwas wie »ssst« durchschwirrt deinen Geist.

Du öffnest deine Augen und … findest dich wieder in einer anderen Welt.

Sonnenheller Tag, und doch ziehen da Wolken am Himmel über der Stadt, in der Menschen von Ort zu Ort hetzen und über Alltagsprobleme schwätzen, und ehe sie sich versehen, sind sie alt und krank geworden.

## Die Tore der Mondin

Samstagmorgen. Eisige Kälte im Februar. Erstaunlich! Heute ist Winter, wo gestern Frühling, fast Sommer war: sengende Sonnenstrahlen.

Unterwegs zum Bahnhof taucht sie vor dir auf, die halbe Sichel der wachsenden Mondin. Im Dämmerlicht dieses Morgens, dort oben leuchtet sie im kalten Geäst der Bäume.

Und du durchschreitest das Tor, das Platanenbäume bilden, betrachtest den baumumkränzten Platz, dessen kreisförmiges Zentrum dir noch verschlossen ist, noch immer auf dich wartet. Es wird geschehen, aber nicht heute, noch nicht, fällt dir ein.

Dann trittst du aus dem zweiten Baumtor heraus, setzt deinen Weg zur Arbeit fort. Vorbei, vergangen, der magische Augenblick. Aber du weißt, dass er wiederkommen wird. Dann aber wird alles anders sein, na klar, denn jedes Mal ist alles anders.

Um Mitternacht vielleicht, beim Licht der Vollen Mondin wird meine Reise beginnen. Sturm wird sein über K-town. Und ich werde mich über meine Stadt erheben. Über diesem magischen Kreis hier werde ich schweben. Das wird der Anfang einer Reise sein, die ohne Ende ist.

Du erwachst und schaust dich um und findest dich im Zentrum des Platzes, der dir sehr bekannt vorkommt, ja er ist es, der von Platanen umkreiste Raum, nicht weit von deiner Wohnung entfernt.

Oder träumst du etwa? Noch immer? Schon wieder?

Etwas ist jetzt anders, vieles hat sich verändert, in deiner Wahrnehmung und dort draußen. Denn da, wo eine dichte Hecke im Zentrum sein sollte, stehen alte Eichen. Farne und ...

Du läufst auch nicht, noch stehst du aufrecht staunend da, sondern du liegst in weicher Erde.

Vor dir leuchtet das dritte Tor weiß in der Farbe der

Vollen Mondin dort oben. Dein Weg führt hindurch. Du weißt es, denn du siehst den Pfad vor dir in rotem Licht leuchten als wäre da ein Laserstrahl, und doch ist es ein Weg. Dort schlängelt er sich zwischen den Schatten der Bäume hindurch. Dort inmitten des großen Waldes hat sie sich aufgetan, dir geöffnet - deine Zukunft.

Du reibst dir den Schlaf aus den Augen. Du schüttelst dein Fell aus, auf deinem Lager aus Moos. Du erhebst dich auf alle Viere, stehst aus dem Schoß der Erde auf. Vor dir siehst du und hörst du und riechst du den Ruf des Tores. Einen Augenblick schaust du es noch an.

Es wartet noch immer, wie schon seit Ewigkeiten, vielleicht darauf, dich passieren zu lassen, wohin auch immer - oder auch nicht.

Du denkst nicht mehr darüber nach. Du springst empor, ins Tor hinein …

## Weißer Speer

Und es ist Nacht. Mitternacht lange vorüber, erst 1 Uhr, dann 2 Uhr.

Du liegst auf deinem Bett und liest noch immer H. P. Lovecraft. Es ist das Grauen, das dich fesselt. Es hat dich gepackt. Da kannst du nicht aufhören. Nicht vor dem Ende der Geschichte. Niemals nie!

»Sehr amüsant, aber spannend!«, würdest du sagen, wenn du ein Oberflächenmensch wärst, einer von den Realisten, die, wie wir alle, so wenig verstehen und doch glauben, allwissend zu sein. Wärst du so einer, alles wäre gut gegangen, doch so ...

Denn in *dir* schlummern gewaltige Tiefen, bodenlose Räume. Sie sind es, von denen dein geistiger Bruder H. P. berichtet. Es sind die kosmischen, die unbegreiflichen, höheren Wesen - Wahnsinn dir und allen anderen, die ihnen begegnen! Denn *du* bist ES, das dort in den Tiefen existiert, jenseits und über den Zeiten, doch nicht nur dort!

Du entdeckst im Text ein Wort, dessen Bedeutung du nicht kennst. Also richtest du dich auf, denn ganz oben auf dem Regal steht der Fremdwörterduden. Du richtest dich auf, deine Hand streckt sich und streckt sich ... Du siehst die Lücke zwischen den Büchern. Du siehst sie und ... ein weißer Speer durchschwirrt die Spalte in der Bücherwand, die Zwischenwelt.

Staunend schaust du an dir hinab und siehst ihn noch ein wenig zittern. Da steckt er fest in deinen Bauch. Niemand ist außer dir im Zimmer. Kein Mensch. Du bist allein mit deinen Gedanken und der Angst - und dem Speer in dir. Du sinkst nach hinten. Der Speer beginnt rot zu leuchten. Weit reicht die Feuerfarbe. Dein Blick folgt dem Rot von deinem Bauch bis zum Regal, dann durch die Bücherlücke ins Nichts. Staunend schaust du ihn noch immer an.

»Ich bin!«, brüllt Hara, dein Bauch auf und will von kiri* gar nichts wissen. Und der Speer, der in seinem Zentrum sitzt, glüht auf, zerfällt.

Dann betrachtest du deinen Bauch noch einmal im Spiegel und tastest ihn ab. Nichts zu sehen, nichts zu fühlen! Keine Wunde, keine Narbe, nichts!

Du reibst dir die Augen. Sollte nicht zu lange lesen, denkst du. Jetzt aber schlafen! Du willst das Licht löschen ...

Du löschst das Licht. Du versinkst in dunkles Vergessen.

Erwacht aus den Träumen der Nacht, am Morgen erinnerst du dich an nichts mehr ... Doch, eins fällt dir wieder ein: die Sache mit dem leuchtenden Speer. Du schreibst alles auf.

Und hier steht es nun geschrieben für dich, liebe(r) LeserIn. Dies und viele andere Dinge warten auf deine Lektüre und ihren Widerhall in deiner Seele.

*: Harakiri = Sepukku, japanischer Selbstmord durch Bauchaufschneiden.

## Wolken

Graue Wolkenfetzen, so zart, fast unsichtbar für deine Augen, schweben dort oben lautlos dahin.

Nein, nicht diese ruckenden Laserringe aus grünem Licht, die meine ich nicht! Schaue drüber hinweg, damit du das wahre Wunder siehst. Denn dort träumt sie, so weit, so klar, die Volle Mondin.

Jetzt dröhnen die Boxen und jaulen die E-Gitarren auf.

Jetzt ziehen gewaltigere, dunkle Wolken im Rhythmus des Sounds heran.

Jetzt verdecken graue Schleier der Mondin weißes Licht.

Und schwarz sind die Himmel dahinter.

Und fern, so fern verklingt leise der Sound.

Und nirgends mehr sind da Stimmen, und nirgendwo ist da ein Laut.

Also auch ich ..., denkst du noch. Schon steht dein Herz still. Während du fällst, siehst du kein Licht, die Mondin nicht, nie mehr!

## Wolkenloch

Wind kam auf am Abend.

Er sah empor.

Ein lichtumstrahltes Wolkenloch erblickte er dort über sich.

Jetzt Kopf voran hindurch!, dachte er und ...

»Träumend unterwegs zu Leinwandabenteuern«, meinst du und hast natürlich Re...

Dort siehst du ihn in die Himmel stürzen.

Hier im Licht, das sich nun wandelt, schreien die Mauersegler nicht mehr. Denn Nacht bricht ...

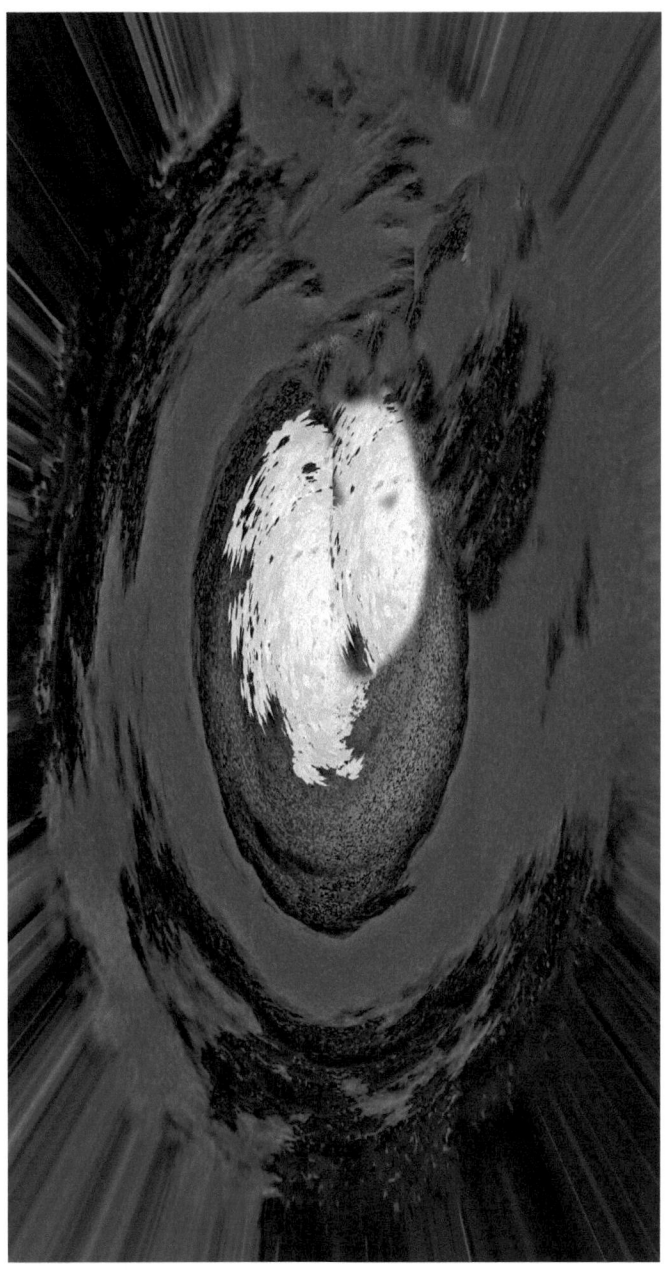

69

# Innenraum 2

Sah ich nicht einst einen leuchtenden Pfad vor mir, einen schmalen Weg, der führte mich hinaus aus meiner Stadt und hinein in andere Welten?

Ein dreifaches Ja, ja und nochmals ja.

Jetzt aber sehe - höre - fühle - weiß ich, dass es kein Pfad ist noch niemals einer war, sondern eine breite Straße, die da schon immer wartend vor mir liegt. Sie führt von mir zu mir.

# Irgendanderswo

Andere Wesen in anderen Welten
heute hier unten auf Erden
und anderswo zu andrer Zeit
Fledermäuse vielleicht und Wölfe
Ameisen und Spinnen
Aliens dort draußen
aber auch - deine Katze auf dem Bett
jetzt schaut sie dich an
aus großen grünen Augen


... die Mondin ist
die Pforte des Himmels
Wer ihr zu antworten versteht
den lässt sie an sich vorüber
Wer ihr nicht zu antworten vermag
den sendet sie in Regen sich verwandelnd
im Regen zur Erde nieder
als Wurm, Motte, Fisch, Vogel, Löwe, Eber ...
Tiger, Mensch oder sonst etwas
wird er hier und da
je nach seinem Tun und Wissen
wiedergeboren

*Die Upanischaden*

# *Mit allen Beinen fest auf dem Boden*

## Auf dem Rücken

Meine Hände lagen im Wüstenstaub
wie auch mein ganzer Körper
denn ich starb

Meine Augen suchten das Licht dort oben
denn Dunkel wurde

Meine Seele schwebte weit empor
denn ich wurde wiedergeboren
in den Räumen, die da träumen
von der Nacht in dir

## Abend, Nacht und manches mehr

»Wie wunderschön! Romantisch gar? - Wie kitschig doch zugleich!«

»Was, was, was?«, willst du wissen und sollst es auch schon erfahren:

Großer roter Abendsonn
aus den Himmeln dein Leuchten
schaue ich ewig den Augenblick
von Erde verschluckt am Horizont

Doch du weißt es. Du weißt es: Seinem Untergang folgt die Dunkelheit der Nacht. Und während die einen schlafen, erwachen die anderen aus ihren Träumen. Du hörst sie in der Ferne singen. Du hörst sie trippeln, huschen, flüstern und - in dir kichern.

O Frau, ich rieche deine Angst vor dem Schwarzen Mann, der jederzeit hinterrücks aus dem Dunkel treten kann, um dich zu packen.

Noch brennt dein Feuer, ATRE*, noch lauschst du in seinem Schutz hinaus, noch leuchtet es am Eingang deiner Höhle. Und du singst das Sonnenfeuerlied, das die Schwärze bannen soll.

Doch nun verdecken schwarze Wolken die Volle Mondin dort oben: Vollkommene Schwärze, nun ja, größere Dunkelheit, als jetzt schon herrscht, naht.

Die Volle Mondin ist verschwunden, und mit ihr auch die funkelnden Himmelslichter (»Sterne« werden sie einst einmal in einer von vielen Sprachen einer fernen, unvorstellbaren Zukunft heißen). Und du hast für einen winzigen Augenblick den wahnsinnigen Gedanken, dass sie alle noch existieren und wieder erscheinen werden.

Wind kommt auf, wird stärker und stärker, wandelt sich so zum Sturm.

---

*: ATRE = Feuer, Begriff und Inspiration aus dem Film »Am Anfang war das Feuer« von Jean-Jacques Annaud (F 1981).

Ein Feuer noch brennt in der Nacht. Nah bist du ihm. Wie du ihm doch gleichst. Denn ihr beide seid, jeder für sich, einzigartig in dieser Welt, also allein. Zwei einsame Flammen - Licht und Leben.

Und es geschieht, was geschehen muss: Dir geht das Holz aus.

Nein, in das Dunkel kannst du nicht gehen, dort kannst du nichts sehen, auch warten dort die Jäger der Nacht. Eisige Kälte lässt dich zittern, und ... Die Wolken müssten weiterziehen und die Volle Mondin wieder erscheinen. Oder aber der Tag bricht an, und alles wird gut, denkst du.

Da aber irrst du dich. Denn diese Nacht wird niemals enden.

In weiter Ferne hörst du Schreie.

Ja, das könnten Menschen sein, deren Stimmen du ein letztes Mal vernimmst. Allein wie ich bin werden sie auch mich töten, schreit die Angst in dir. Nur in der Gruppe sind wir Felllosen (Menschen) stark. Du nimmst die wenigen Dinge, die du zum Überleben brauchst. Du atmest tief ein und wieder aus und trittst hinaus. Das Feuer lässt du hinter dir brennen. So ist es, als wärest du noch zuhause und niemals fortgegangen. Du schaust nicht mehr zurück.

Und *Das* jenseits von Raum und Zeit verliert dich aus den Augen. Und niemand in der Zukunft der Menschheit wird jemals erfahren, ob oder wie lange du diese Nacht überlebtest. Und wenn ja, ob du die anderen fandst. Und wenn ja, ob du ein Kind bekamst, das so lange überlebte, um selbst ein Kind zu gebären oder zu zeugen. Und wenn all dies so wäre und sich immer fortgesetzt hätte, so könntest du gar eine ferne Ahnin des Autors dieses Textes sein.

# Ameisenstrasse

Natürlich wurde alles in die Menschensprache übersetzt, soweit das eben möglich ist. Denn wir alle wissen ja, dass sich nichts wirklich übersetzen lässt. Und wer sich an ein anderes Leben erinnert, erinnert sich falsch! Denn nach dem Wandel bist du nicht mehr der, der du zuvor warst. Alles ist dann verblasst - vergessen.

Auf dieser Straße läufst du auf sechs Beinen - was für ein irres Gefühl! - unter all den anderen, die sind wie du. Du folgst der Spur des Nests, die wir alle immer wieder legen. Denn dieser Weg ist unser Weg, dieser Weg duftet wie wir. Deine Fühler hören die Luft schwingen und die anderen, die dir entgegenkommen, die dich begleiten, die hinter dir und vor dir sind. So viele von uns kommen dir entgegen - tastendes Befühlen und riechen und schmecken und hören und sehen, ist alles eins. Und über dir ist ferne Sonnenwärme.

Irgendwann dann aber hast du Hunger. Du weißt, was zu tun ist, du tust es. Du bettelst die Schwester an: Deine Fühler betrillern sie, die die ihren nach hinten legt und ihren Mund öffnet. Dann leckst du den köstlichen Tropfen aus Blattlaussüße auf.

»Wie kann das sein? Kann das sein? Den Geist eines Menschen, eines Magiers vielleicht, in solch kleines Insektenhirn zu pressen? Und was würde dann aus den Gedanken dieser kleinen Ameise?«, fragst du dich, liebe(r) Leser(in).

Doch ob es sein kann oder nicht, ist eine rein akademische Frage, spielt ja gar keine Rolle. Denn so ist es nun einmal.

Ich lebe!, singt es in dir, während du weiterläufst, eine unter vielen, die alle sind wie du und doch ein wenig anders. Ich lebe und laufe!

Wie sieht ein Insekt die Welt? Facettenhaft? Oder ganz anders? Und die Farben? Bewegungen?

Und wie steht's mit dem Hören, Riechen, Schmecken, mit dem Bewusstsein jeder Arbeiterin, der kurzlebigen Männer, der Königin und vor allem des ganzen Volkes?

Ameisensinne, Ameisenzeit - Ameisenwelt!

## Anderswo

Anderswo oder zu anderer Zeit, also an anderem Ort im Raum, dort geschieht es:

Etwas Gigantisches stürzt auf die gute alte Erde, einst geschah das, als sie noch nicht ihren Kindern Mutter war. Etwas Großes prallt mit ihr zusammen und schlägt eine tiefe Wunde und eine große Masse heraus.

So wurde Schwester Mondin geboren.

Nun wissen auch wir Menschen, dass Erde und Mondin eins waren, eins sind. Einige von uns betraten sie bereits. Doch schauen wir noch immer voller Sehnsucht in sternenglitzernden Raum und zu ihr, der Mondin, hinauf, die irgendwo andernorts sich immer wieder verändert, abnimmt und zunimmt, immer wieder neu - so hörten wir.

*Das* aber glauben wir nicht. Denn hier ist ewig Fülle, ist immer nur die Volle Mondin, nichts anderes sonst, nicht weniger, nicht mehr! Für immer und ewig. So ist es, so war es, so wird es immer sein.

## Damals in ihrem Licht*

Da sitzt du mit deiner Frau, die dein Kind in ihrem Bauch trägt, unter dem Licht der Vollen Mondin. Nur du und sie, wir zwei, allein.

Du schaust empor.

Sie schaut herab.

Wir beide träumen in Ihrem Licht hier und jetzt im Anbeginn, wo wir das Feuer fanden.

*: Zum Film von Jean-Jacques Annaud *Am Anfang war das Feuer* (F 1981).

# Diese Musik!

Da hörst du also die Klänge, die du einst selbst auf deinem Synthesizer gespielt und auf Band aufgenommen hast. Du lauschst diesem einen deiner zahlreichen elektronischen Werke. Doch dieses Mal hörst du es nicht allein. All deine Gäste hören heute am Jubeljubiläumstag hier draußen im Garten mit.

Und dann geschieht es, als die Melodie sich emporschwingt, immer höhere, hellere Töne erklingen. Wir beginnen zu schweben. Auf dem Rücken liegend oder sitzend erheben sich unsere Körper, hui! Das könnte ewig so weiter gehen.

Doch was geschieht nun? O nein, jetzt fällt die Melodie hinab in tiefste Tiefen, und wir ... Ja, unsere Körper fallen wieder auf die Erde zurück, ducken sich, krümmen sich ein. Schon kriechen wir im Staub.

Doch tiefer und tiefer dröhnt der Sound.

So graben wir uns mit bloßen Händen ein - fühlen keinen Schmerz - durch das Gras hinab in den Schoß von Mutter Erde.

Wann war das, geschah das? Lange schon sehen wir nichts mehr, hören unsere Ohren nichts mehr, riechen, schmecken, ja, atmen wir nicht mehr. Denn da ist nur noch Beben, Vibrieren, Stampfen und Graben in der Erde rings um uns.

## Drei leuchtende Schwerter

Siehst du, deine Stirn bricht auf.

Hab' ich dir ja gleich gesagt. Dachte es mir schon. So oft schon zuvor gesehen, nicht nur im Film, sondern auch in meinen Träumen - so oft!

Nein, nein, da ist kein Blut. Wir sind doch hier in keinem Horrorfilm. Auch hat dich kein Geschoss getroffen. Ganz lautlos öffnet sich das Zentrum - dein Stirnchakra.

Spürst du Schmerzen? Schreist du?

Nein, du schreist nicht. Still und stumm stehst du mitten auf der Straße unserer kleinen Stadt, die, wie seltsam doch, so wunderbar leer in dieser Nacht vor dir, vor mir liegt.

Ach schau! Nun ja, du kannst es ja nicht sehen. Doch dafür bin ich ja da. Drei leuchtende Schwerter brechen aus deiner offenen Stirn hervor, fallen hinaus und empor in die Schwärze der Nacht.

Dort vor dem Licht der Vollen Mondin leuchten die Schwerter nicht mehr. Jetzt sind sie schwarz.

Und dein Körper hier unten fällt nach hinten den ewigen Fall zur Erde zurück, dem Asphalt entgegen.

Doch die Schwerter dort oben wandeln sich in Fledermaus und Eule, die steigen weiter auf, hinauf zu den Sternen.

Siehst du, jetzt hörst du mich nicht mehr, nie mehr! Denn deine Hülle Mensch liegt tot inmitten von Teer und Beton. Und Autos rasen heran. So viele Räder überrollen dich. Da bist du platt! Nicht wahr?

Ich aber, der ich alles wahrgenommen habe, laufe vor Schrecken - oder völlig irre? - nun weiter durch die Nacht, soeben wohl erst wahrhaft körperlich erwacht - mit deinem Tod. Also laufe ich hinaus aus der Stadt auf dieser einen Straße, auf der heute keine Autos rasen, weiter und immer weiter weg.

Schwärze hüllt mich ein und Wald.

Jetzt erst bleibe ich stehen, schließe die Augen und lausche meinem Atem, der erst allmählich wieder zu sich kommt. Dann erst öffne ich sie, Sinne und Seele.

Ich kann sehen! Wie hell und leuchtend die Welt geworden ist!

Ich drehe mich im Kreis auf vier samtenen Pfoten, drehe mich nur noch ein weiteres Mal um und dann nie mehr. Da war doch eben ...

Nichts ist da mehr, was war. Kein Erinnern an ... Nichts ...

Nie mehr im Katzenleben.

## Eines Tages, eines Nachts

Wir dehnen aus den Tag in die Nacht. Wir machen die Nacht zum Tag - mit Millionen von Lichtern.

Weshalb?

Ganz einfach, weil wir Wesen des Tages sind, weil wir Helligkeit brauchen, um zu sehen.

Sie aber, die Anderen, die Wesen der Nacht, sie lauschen, schnüffeln und riechen, ertasten den Raum. Die unter ihnen, die sehen, sehen anders, sehen mehr als wir. Sie tragen Leuchtschichten in ihren Augen. Da sind Katzenaugen, Eulenaugen, die das schwache Licht der Mondin, nun restlichtverstärkt, reflektieren.

Was aber geschieht, wenn eines Nachts die Lichter unserer Städte verlöschen?

Was, wenn der Tag sich verdunkelt zur halben Nacht?

Dann beginnt *ihre* Herrschaft über die Erde und - die Menschenjagd.

# Goldenes Licht

Reißt auf deine Stirn, reißt auf das Zentrum, ein goldenes Licht.

Ich träume, denkst du, ich träume!

Doch du schläfst nicht. Denn du wandelst durch die Nacht und durch die weiten Wüsten einer fernen Zeit.

*Klang über den Meeren der Zeit\** - Zeit? - Zeiten?, denkst du verwundert. Seltsame Gedanken, seltsame Worte.

Nun ist das Licht erloschen.

Du bleibst stehen und streckst deine Arme aus, zur Seite und nach hinten. Doch du hebst nicht ab, denn du bist weder Flieger noch Flugzeug. Dein Kopf fällt dir in den Nacken, deine Augen schauen empor, während du nach hinten fällst, empor in Schwärze, die nun immer heller wird.

Irgendwo singt irgendwer.

Diese wortlose Stimme! Es ist - mein Gott!, meine Liebe - sie singt mein Totenlied. Aber ich lebe doch!

Und weiter geht dein Fall. Über dir leuchten Sterne.

Sind da Sterne in meinen Augen? Falle ich noch immer? Ja. Dem Wüstensand entgegen?

Licht hüllt dich ein, goldenes Licht ist aus den tiefsten Tiefen in dir aufgestiegen.

So bin ich Licht der Schwärze der Nacht!

Lichtstrahlen ergießen sich gleich einem Wasserfall aus dem Zentrum deiner Stirn. Alle Chakren strahlen Licht in allen Farben.

Wie strahlend hell mein Fall, wohin auch immer, ist!

Längst schon ist keine Erde mehr unter dir. Denn - »Mutter!«, ruft es ein letztes Mal, wie von fern so polyphon, denn an viele Mütter, viele Erden erinnert sich deine Seele, die alle nun vergangen sind.

---

\*: Titel eines Lyrikbandes mit Grafiken: Fuchs/Nitzsche (1996).

»Gate gate paragate ... Gegangen, gegangen, darüber hinaus gegangen ...«, singt es in dir, endlos scheinbar, immer wieder sich wiederholend: Gate, gate paragate ...

Jetzt endlich lässt du los, deinen letzten und mit ihm auch all die anderen Körper. Dort unten siehst du ihn fallen, sie alle fallen, treffen auf der Erde auf, zerfallen zu Staub und Leere.

Du aber stehst auf in der Nacht und tanzt in *ihrem* Licht, das du nun hier weit draußen in dir siehst. Jetzt weißt du, dass es nicht nur eine Mondin ist, dass es nicht nur unzählige Mondinnen sind, die dich einst ohn' Unterlass riefen. Denn sie leuchten schon immer in Seinem Licht, dem Sonn, Vater irdischen Lebens. Sonnen sind da ohne Zahl. Doch sie alle sind nicht mehr als winzige Punkte in der allumfassenden Schwärze. Und ich und wir und ...

Alles aber sind WIR

WIR singen Werden und Sein und Vergehen.

WIR sind ALLES – ALL.

84

# Heilig

Tag und Nacht und Morgen und dann?
Leere und Wiedergeburt

»Heilig, heilig«, rufen sie.

Was habe ich getan?, frage ich mich, hier und nicht dort, wo ich ein kleiner Mensch bin, den nur wenige kennen, wo ich all das sehe und höre und niederschreibe und - so wenig davon verstehe.

### TAG

Hier fallen sie alle vor mir auf die Knie und rufen mir noch immer mein Heil zu.

Und ich stehe hilflos vor ihnen und weine.

Und eine unter ihnen sieht die Tränen und spricht die Worte, und alle stöhnen vor Ehrfurcht auf: »Schaut nur, er weint«. So viele weinen jetzt mit mir.

Dann lache ich. Und alle lachen mit mir.

Dann rufe ich: »Geboren!« Alle rufen das eine Wort. Doch noch immer knien und beten sie mich an wie einen Gott, noch immer!

Jetzt aber - wie seltsam und wunderbar zugleich! - jetzt wandeln sich alle vor meinen Augen in Schmetterlinge, flattern sanft empor, davon, schauen sich nicht mehr um.

### NACHT

Andere aber in der Nacht, die vor mir knien, verwandeln sich in Fledermäuse mit leuchtenden Augen und Schneidezähnen, so spitz, so scharf, wie es sie nie zuvor gab.

Auch sie flattern empor, doch nicht davon. Denn sie stürzen heran aus schwarzen Himmeln und verbeißen sich an meine zum Kreuz ausgestreckten Armen und in meine nackten Beine, in Rumpf und Hals und Gesicht.

Überall hängen sie nun an mir, dem Standhaften, und stechen und schneiden und lecken mein Blut.

Wiederum andere kommen, die reissen ab, verschlingen, essen Muskeln und Eingeweide, bis nichts mehr von mir übrig ist außer Knochen. Erst dann tun sie es den Schmetterlingen des Tages gleich und flattern davon: schwarze, von schwarzen Himmeln verschluckte Wesen.

### Morgen

Noch immer stehe ich da - nur mehr Skelett - bis das brennende Licht des Morgensonns mich trifft. Jetzt erst zerfalle ich unter Seinen Strahlen zu Staub. Den weht der Wind hinfort.

### Leere

Jetzt ist nur Leere, jetzt ist jetzt.

Keine Gedanken, keine Gefühle, kein Erinnern, kein Morgen.

Jetzt ist jetzt, und Leere ist Leere.

Kein Ich, kein Selbst, keine Seele.

Keine Farben, Schwarz nicht mehr, nicht Weiß, kein Ton, keine Stille.

Nichts und alles zugleich, nur Leere.

### Wiedergeburt

Irgendwann ist irgendwo wieder ein Tag. Sonn steigt strahlend auf am Morgen.

Ich spüre seine warmen Strahlen auf meinem Panzer und strecke meine Fühler tastend aus, denn ich bin eine unter vielen meines Volkes mit Namen XXX*.

Dann fühle ich all die anderen: Wir singt es in mir und alle Schwestern fühlen mich.

»Wir« ist der Duft der großen Mutter Königin.

---

*: »Ameisen« lautet eins von vielen Menschenwörtern für uns.

## Ich sah die Mondin

Ich sah die Mondin in der Nacht
durch Wolken schimmern
Ich sah die Wolken
erstrahlen im nächtlichen Glanz
Da blieb ich stehen
auf meinem Weg
von irgendwoher nach irgendwohin
starr und staunend

Erinnern

Die Opfer in steinernen Kreisen
Das magische Licht der Vollen Mondin
Der Ruf der Wölfe

## Im Morgengrauen

Jetzt!, dachte er im Angesicht der roten Wildhund-meute, jetzt ist die Zeit gekommen. Niederknüppeln werd' ich sie - alle! Attacke!

Doch er stürmte ihnen noch nicht entgegen, sondern griff das Holz nur fester, seinen Stecken und Stab, der ihn bisher noch nie im Stich gelassen hatte. Das musste er ihnen lassen, Ehre, wem Ehre gebührt: Sie hatten ihn in die Enge getrieben. Doch, eins wusste er nicht, dass da vor ihm nur ein Teil des Rudels lauerte. Denn auch jetzt wieder setzten die wilden Hunde ihren erfolgreichen Trick ein.

Etwas fiel, ein Stein vielleicht - hinter ihm.

Wie ein Blitz drehte er sich um - ja, er war in Form, einfach fit.

So packten ihn die Dolche, Zähne, Eckzähne im Bauch, rissen ihn mit einem Ruck auf. Dampfend in der Kühle dieses Morgens klatschten seine Gedärme auf die Erde.

Verdutzt sah er nach unten und stürzte im Zeitlupen-fall zu Boden.

Schon waren die anderen da, rissen das zuckende, schreiende Bündel Mensch entzwei und fraßen es auf.

# Kagemusha*

»Niemand darf von seinem Tod erfahren. Ebenbild, komm! Werde du sein Schatten!«

Schreiend aus Träumen erwacht.

Sie trieben mich hinaus in die Regen. Mit Steinen trafen sie mich im Schlamm. Mich, der ich nur Schatten bin, Schatten unter lebenden Menschen, Schatten eines Toten.

Ich stürme über das Feld, übersät mit zuckenden Bäuchen, Pferden und Menschen - gefallen, gefallen.

Ich stürze, o toter Mensch - mein Fürst, dein Schatten naht. Ich stürze, von Kugeln zerfetzt, in Wasser und Tod.

*: Inspiriert von Akira Kurosawa: *Kagemusha - Der Schatten des Kriegers* (Japan 1979).

## Die Katzen*

Es geschah in jener Nacht. Lautlos erklang der Ruf in uns: »Kommt! Kommt alle!«

Und über die Mauern sprangen flink die Schatten. Leise schlichen Pfoten durchs Gras.

Dann bildeten wir unter den Bäumen den magischen Kreis. Ein sanftes Schnurren zunächst, schwillt an zum tötenden Ton.

Lauscht, riecht und schaut! Da sitzen sie und zittern wie Greise, diese Menschen, die uns so oft gequält haben! Jetzt geht's mit ihnen zu Ende. Denn wir haben sie im Kreis gefangen. Schon sinken sie zur Erde nieder. Staub zu Staub! Denn unser Denken ist Macht. Denn unser Denken ist Tod. Stark sind wir jetzt. Gemeinsam sind wir stark.

So geschah es. So fraßen die Katzen und fraßen und fraßen und hörten erst auf, als nichts mehr übrig war. Nur Knochen, bleich im Sand, waren alles, was von den Menschen blieb.

*: Zu *Die Katzen von Ulthar* von H. P. Lovecraft.

## Kreise um Kreise

Ja, ich sah sie alle aufstehen, sich erheben und tanzen, sich wiegen bei diesem einen Klang - Einklang. Sah ihre Seelen sich erheben in wahnsinnigen Wellen, fühlte das Zittern in ihnen - in mir, denn ich war ja einer von ihnen. Und aus Lunge, Kehle, Mund - nein! - aus meiner Seele brach dieser eine lautlose Schrei hervor.

Unsere Augen schlossen sich, während wir wie Greise in Kreisen tanzten. Wie Kinder hielten wir uns an den Händen, bildeten einen Kreis um einen Kreis. Und hinter unseren Rücken bildeten andere einen weiteren. So entstanden Kreise um Kreise, immer größere Kreise. Irgendwo so fern im Innern sollte ein erster kleinster Kreis aus drei Wesen sein. Ja, auf einem kleinen Platz, IRGENDWO genannt, hatte alles begonnen. Nun aber waren es unzählige Kreise. Von Weitem könntest du von oben eine in weißem Licht erstrahlende Scheibe sehen, eingebettet in die Schwärze des Alls. All das Licht sind wir!

Rechts, links, rechts, links, in ständigem Wechsel knickten unsere Beine ein, und unsere zunächst noch schwankenden Köpfe sanken schließlich zurück in die Nacken, wo sie still verharrten. So tanzten wir, waren wie Opfer. Mit entblößten Hälsen warteten wir auf den tödlichen Streich der Messer, die unsere Kehlen durchtrennen würden. Doch wir hielten uns weiterhin an den Händen und tanzten in Kreisen, die Augen geschlossen, träumend und träumend bei diesem einen Klang der Klänge.

So sahen wir alle die Mondin in uns, dann jedoch schwarze Wolken nahen, rasend heranjagen über das leuchtende Weiß, die jedoch bald wieder verschwanden.

Was aber blieb, war die Mondin dort oben in klarer schwarzer sternenloser Nacht. Doch sie veränderte sich: Nahm ab, immer schneller, wandelte sich zur Sichel, wuchs und schwand dahin und wuchs und ...

So rast die Zeit dahin in unseren Köpfen. Noch immer tanzen wir in Kreisen, wiegen und halten uns an den Händen, warten noch immer. Worauf?

## Krieger

Wir, die wir durch Meere von Blut waten, erheben uns. Jetzt!

Denn der Ruf ertönt. Nichts und niemand hält uns noch auf!

Denn wir sind Krieger. Wir wurden erschaffen zum Kampf.

Wir sind Samurai, die dienen. Wir sind Ninja, Kanja, Kanjin, Kanchô, Rappa, die Unsichtbaren.

Wir sind Cyborgs, Predators, Terminators.

Wir sind Jäger.

Unsere Gedanken sind Feuer, sind Schrei deiner Seele, sind Tod für deinen Körper.

Wir sind Ameisen, Bakterien, Viren.

Wir sind Viele und Eins zugleich, wandeln und teilen uns. Also kannst *du* uns niemals vernichten.

Denn wo eben noch ein Ziel war, sind nun Millionen kleinster Teile, die dem Winde gleich dir entgegenschweben.

Einige von uns durchbrechen alle Mauern.

Einige von uns kommen immer durch.

Einige von uns werden dich töten.

Denn wir sind geboren für die Jagd, den Kampf, die Schlacht.

Denn wir sind Krieger.

## Das Leuchten

Ein Leuchten sah ich in schwarzer Nacht.

Da brach ich auf, stand auf, ging los und lief und rannte, flog - ein flatternder Falter im Sturm -, die Flamme zu finden.

Kam näher und näher und erblickte das leuchtende Laub der Bäume. Ich war am Ziel. Also hielt ich inne, holte Atem und lauschte den Lauten der Nacht. Ein Hauch von Wind, sanftes Streicheln über meine Haut.

Hob empor meine Arme, um mir mein Haar aus der Stirn zu streichen.

Im Niedersinken sah ich sie, beide zugleich, so dicht vor meinen Augen. Staunen.

Denn Licht brach aus meinen glühenden Händen.

Verzaubert, gebannt, den Blick empor ins Sternenmeer versank ich in Mutter Erde.

## Maus

»Wie sieht's aus im Haus?«, fragt die Maus, denn sie will raus.

Ganz vorsichtig verlässt sie also ihr Mäuseloch am Abend.

Doch die Katze, die alles hört und sieht, wartet gespannt und springt.

Aus ist's mit »raus!« und der Maus im Haus.

Und auch die Geschichte ist schon - aus.

## Mondin und Schwert

Warme Sommernacht. Irgendwo. Klar der Himmel und voller Sterne. Du atmest ein die frische Luft. Du atmest aus.

Über allem aber und weit jenseits des flüsternden Laubes der Bäume steht still - lächelnd scheint sie dir in deinem Glück - die Volle Mondin.

Da naht das leuchtende Schwert in der Nacht, das wie ein Blitz die Schwärze zerteilt.

Du siehst es näherkommen, sirrend die Luft durchteilen. Also hebst du deinen rechten Arm. Denn deine Hand wartet auf OM, von dem dir Manfred der Magier erzählte.

Sɪʀʀ. Sie fällt. Blut spritzt aus dem Stumpf.

»Ooooh mein Gott!«, schreit etwas in dir - nur kurz!

Denn ehe du's begreifst, bevor ein Schrei deinen Mund verlässt, erklingt wieder ein Sɪʀʀ in deinen Ohren, die nun mitsamt deinem abgetrennten Kopf durch die Luft zur Erde purzeln. Nicht weit entfernt sinkt auch dein sterbender Körper langsam zu Boden.

Und die Volle Mondin dort oben lächelt nicht mehr dir zu. Sie hat es nie getan.

Dein Kopf liegt unten im Gras, starr die Augen in ihrem Licht.

## Mondinwelt*

Einer springt vorbei - auf einem Bein! Ein Hopse-männchen.

»Bravo!«, schreit die Dicke und stopft den Rest der Torte in sich rein.

Alle starren sie an - einer so fett wie der andere, alle mit 'ner Torte im Mund. Doch keiner ruft: »Bravo!« Wen wundert's!

Der Vater sieht nichts von alledem. Er prügelt ja sei-nen Sohn.

»Ich hau ab!«, schreit der weinend.

Auch seine Geschwister weinen nun mit.

Mutwillig kratzt er sich die Beine im hohen Gras auf (sein Vater ist ja daran schuld) und - kehrt doch wieder um.

Irgendwo lauert irgendwer hinter einer Haustür auf Passanten - die reinste Falltürspinne in Menschengestalt! - das Messer gezückt.

Nein, da läuft nirgendwo eine Dusche. Und er ist er und nicht seine Mutter! Das wundert hier auch keinen.

Irgendwo heulen Wölfe. Oder sind es gar Rudel ver-wilderter Hunde? Die sollen ja noch viel schlimmer sein.

Dir reicht's! Du hast endgültig die Schnauze voll von diesen Menschendingen. Also verwandelst du dich und verlässt die Stadt.

Wald und Wiese rufen, die endlos scheinende Steppe, die Berge in der Ferne und überhaupt, all das zirpende Leben dieser wundersamen Sommernacht.

Ein einsamer Wolf sieht dich an mit leuchtenden Au-gen.

Nein, du läufst nicht davon, kletterst auf keinen Baum, sondern verwandelst dich ein zweites Mal, dieses Mal deine Katzengestalt in die einer Wölfin.

---

*: Etwas Autobiographisches steckt hier drin, ach ja, *Psycho* von Alfred Hitchcock wurde da wohl auch zitiert.

Schnuppern, beschnuppern - einen Augenblick lang. Dann laufen wir auch schon zu zweit, gemeinsam hinaus in die Weite, laufen unter der Vollen Mondin dahin.

Welch wundersamer Traum!

# Nachtwind

In der Wüste kniend öffnest du deine Augen: Es ist Nacht und doch so hell, denn still steht dort gewaltig groß die Volle Mondin über dir.

Sie ruft dir zu: »Nimm eine Hand voll Sand und wirf sie weit, weit ins Land, dorthin, wo der Nachtwind weht!«

Du tust es, greifst den Sand, wirfst ihn empor. Er weht davon.

Und alles erlischt.

Und doch wird es dir nicht schwarz vor Augen, du bist wach und bei klarem Verstand.

Du fällst, fällst den endlosen Fall nach hinten weg, mit dem Rücken zuerst. Ob mich ein Windhauch traf und stieß?, fragst du dich noch, da fängt dich schon der Sand - der feine, weiche, weiße Wüstensand - sanft auf und hüllt dich ein.

Noch schaut dein Gesicht heraus. Noch ist Nacht.

Skorpione kommen jetzt tastend herangelaufen: erst einer, dann noch einer und immer mehr. Heute kämpfen sie nicht noch balzen sie, heute packen sie sich nicht mit den Scheren, heute stechen sie nicht, heute töten sie nicht, weder sich noch Beutetiere, heute klettern sie nur auf dein Gesicht. Denn es strahlt Wärme aus in kalter Nacht.

Nun, wo sie es fast ganz bedecken und du nicht mehr tiefer sinkst, nun, wo die Nacht noch immer - ewig? - währt, nun, wo du noch atmest und hörst und gerade noch ein wenig empor zu den leuchtenden Sternen sehen kannst, die nur hier über den weiten Wüsten so strahlen wie nirgendwoanders sonst, nun lauschst du dem Wind, schließt du die Augen, die die Skorpione auch schon bedecken. Jetzt erst siehst du, was in dieser Nacht dort draußen geschieht.

Dort siehst du dich stehen. Vorher, nachher, wann?

Oder ist das eine Kopie von mir?

Nein, du bewegst dich ja, drehst dich im Kreise, dort, wo der Nachtwind so leise und sanft weht und dir durch dein Haar streichelt, das wieder so lang ist wie einst einmal. Und der Wind weht durch dich hindurch. Denn Löcher werden und wachsen in deinem Körper.

Bin ich ein Sieb?, wunderst du dich noch, während du auch schon rasend rotierst und dein Mund sich öffnet. Dann hebst du dein Gesicht den Himmeln zu, fällt dir dein Kopf in den Nacken. Doch du rufst weder Brüder noch Schwestern. Keine Schmerzen, kein Blut und auch kein Heulen in der Nacht.

Irgendwann dann drehst du dich nicht mehr, stehst du wieder still über den weiten Wüsten dieser Erde. Und dort oben - jetzt erst schaust du empor - leuchtet die Volle Mondin noch immer, wie eh und je, die dich rief, die dich ruft, hier und anderswo und überall. Still geworden ist jetzt die Welt: kein Sturm, kein Wind, kein Hauch, kein Laut, kein Flüstern in dir, kein Denken. STILLE überall.

Du hebst deine Arme empor in das Schweigen der Nacht.

»Vollbracht! Vollbracht?«, singt es / fragt es in dir.

»Ich lebe!«, antwortest du dir, »ich lebe!«

Und schon ist alles vorbei. Du fällst in den Sand zurück, aus dem du niemals aufgestiegen bist. Er hüllt dich ein. Und auch dein Kopf versinkt.

Und der Tag beginnt.

So kriechen die Skorpione nun in deinen offenen Mund. Und dann geschieht, was geschehen muss:

Asche zu Asche und Staub zu Staub - Sand zu Sand!

Ein wenig Wasser ist alles, was von dir sichtbar am Morgen bleibt, als mit strahlendem Licht ein neuer Tag anbricht.

Und niemand sah dich dort knien, fallen, stehen, sich drehen oder auf und unter dem Sand liegen. Kein Mensch weit und breit. Eine leere Wüste - scheinbar.

# Regenwaldnacht

Die Volle Mondin über den Wipfeln, weit oben. Nacht über dem Wald. Kein Regen fällt.

Schildkröten verlassen das Wasser und graben sich in die Erde ein.

Jetzt legen sie ihre Eier ab.

Jetzt ist die Zeit.

Zeit der Ruhe für die einen.

Zeit des Sex und der Liebe für die anderen.

Und die Zeit der Jagd für viele.

## Savanne

Etwas hängt an deiner Kehle. Plötzlich in der Nacht hat es dich gepackt. Es zerrt dich zu Boden, hält dich fest. Noch immer aber zappelst du und atmest.

Jetzt kommen die anderen. Du hörst sie lachen in der Nacht. Und dann ihr Siegeslied, ihr Heulen ist das Heulen der Schakale ...

Du siehst sie dort unten bei deinem toten Körper, den sie nun zerreißen!

# Schädel

Plötzlich irgendwo unterwegs siehst du ihn vor dir, den leuchtenden Schädel eines Menschen: blau-weißes Licht in schwarzer Nacht und schwingende Schwerter in ihm.

Träumend trittst du aus einer Augenhöhle heraus und schaust dich um, schaust hinab, lässt deine Blicke kreisen.

Neben dir aus dem linken Auge aber tritt in rotes Licht gehüllt - mein Gott! Ströme von Blut - dein schwarzer Schatten hervor. Er, nein, sie grinst dich an. »Hallo, Rainar!«, spricht sie in deinem Kopf.

Benommen antwortest du: »Hallo, Nairra!«

Dann verschwindet ihr beide wieder in den leeren Augenhöhlen dieses einen Menschenschädels.

Und du, der du all dies vor dir siehst, weißt, dass es dein Schädel ist, den du dort noch immer vor dir leuchten siehst.

Aber auch das geht vorbei.

Du gehst weiter deinen Weg nach irgendwohin.

# Schamane

Der immer wiederkehrende Ton der Trommel - und Fliegenpilze in seinem Darm.

»Deshalb glaubt er zu fliegen!«, meint Herr Doktor D. im Kurs der Buchhändlerschule zu Seckbach in Frankfurt/M.

Doch nur der Fliegende weiß vom Fliegen. Er steigt den Schamanenbaum empor. Und so fliegt der Schamane seinen Tranceflug zu den anderen Welten neben, über, unter und jenseits unserer Welt. Denn dort lebt er, wohin wir anderen niemals mehr gelangen.

»Wohin genau, an welchen Ort er wohl fliegen mag?«, willst du wissen.

Er fliegt in ein Land, in dem Wölfe wohnen.

Er fliegt in den Rachen des Wolfes.

Er fliegt in die Volle Mondin - mitten hinein in das Rudel der heulenden Wölfe, die ihn zerreißen, die ihn verschlingen.

Also fliegt er in den Bauch der Wölfin, um dort von Neuem geboren zu werden - als Mensch.

## Schwarze Wolken

Du blickst empor in den Abendhimmel, in die Röte des untergehenden Sonn. Für lange Zeit.

Noch immer schaust du gebannt und weißt nicht, dass es die letzten Bilder sind, die du jemals sehen wirst, das letzte Licht in deinen Augen!

Schwarze Wolken rasen heran.

Zeitraffer!, denkst du. Zeitraffer!

Schon hat die Dunkelheit dich erreicht. Deine Augen schreien nach Licht. Blind tasten deine Hände in Schwärze. Sterne müssten dort oben sein, denkst du noch, so leuchtend, so klar wie über den Wüsten, und heller und größer noch: die Volle Mondin.

Längst bist du stehengeblieben. Ruhe bewahren! Erst denken, dann handeln!

Die weite Wüste scheint endlos. Kein Halt, kein Hindernis, kein Tasten mit Händen!

So beginnst du nun, mit herabhängenden Armen weiter zu gehen.

Nach Hause? Zurück zum Ausgangsort deiner Reise? Heraus aus der Schwärze!

Du setzt Fuß vor Fuß, erst langsam, dann immer schneller.

Doch deine Füße stolpern über Steine.

Steine? Wo eben noch nichts war als Sand?

Du fällst, stützt dich mit den Händen ab. Du fällst in weichen Wüstensand.

Dann kriechst du auf allen Vieren weiter durch nie? endende Nacht. Jetzt Spinne sein oder Fledermaus ..., denkst du. Doch als Augenwesen, als Mensch, Wesen des Tages, Sohn des Sonn, wie kann ich da überleben? Und überhaupt: wie lange noch? Wozu?

Schock! Etwas tastet über dein Gesicht.

Du erstarrst. Etwas ist vor mir, neben, hinter, über mir? Etwas ist bei mir und tastet mit Fühlern? Antennen? über mein Gesicht. Was, was, was ...?

Gedanken rasen durch dein Hirn, rasen wie Wolken, wie schwarze Wolken dahin. Du versinkst in tiefe Nacht.

Ohnmacht. Weggetreten bist du, welch Segen für dich, während dort draußen kräftige Kiefer erst deinen Kopf zermalmen und dann auch deinen Körper fressen.

## Synchron

Unter dem bleichen Licht der Vollen Mondin geschieht es. Wo auch sonst, wenn nicht dort?

Und was?, willst du wissen, neugierige(r) LeserIn.

Einer zieht ein Schwert. Was sonst!

Einer?

Er und Tausende hinter ihm - oder in ihm, in seinem Geist vielleicht? - ziehen synchron ihre Schwerter.

Oder aber du bist es allein in tausend Körpern in so vielen Räumen und Zeiten. Und das heißt?: Immer wieder bis in alle Ewigkeit die gleiche Tat tun.

»Oh!«, staunend sinkst du mit offenem Mund auf die Knie, den Blick demütig zu Boden gesenkt.

Irgendwann geschieht es, so muss es sein, so ist es immer: Irgendwann blickst du auf. In deiner Rechten leuchtet dein Schwert im bleichen Licht der Mondin.

Von fern erschallt das Heulen der Wölfe.

Du weißt: Sie warten, sie rufen, sie rufen dich, sie rufen dich zu sich.

Also steckst du dein Schwert OM zurück in die unsichtbare Scheide, deinen Rücken, deinen Körper. Denn es und du, das wären zwei, die gibt es gar nicht.

Tief atmest du jetzt die frische Luft des Waldes. *Highlander*\*, denkst du, der Hirsch, das Leben. Und auch du fühlst die Kraft deinen Körper durchfluten.

So bist du jetzt wieder eins mit dem Wald und dem Leben der Erde geworden. So ist ein verlorenes Teil zum Ganzen, zum Ursprung zurückgekehrt. Nach Hause, nach Hause, flüstert E. T. in deinem Innern. Heimgekehrt bist du in den Schoß deiner Mutter, die du vor Jahrtausenden verlassen hast.

Du?

---

\*: Der Film.

Nun ja, deines Vaters Väter ... und deiner Mutter Mütter taten es.

So atmest du ein, so atmest du aus.

Neugierig schauen dich die Rehe mit ihren sanften braunen Augen an. Dann kommen sie heran und lecken zärtlich über deine geschlossenen Lider.

# WIR

Wir sind
die Stürme der Nacht
doch auch das Sternenmeer

Wir sind
der heiße Wind der Wüste
und der beißende Hauch der Pole

Wir sind
der Schrei in deinem Innern

WIR sind
DU!
Du kannst uns nicht entfliehen!

### Wasser ist unser Leben

## Tekeli-li

Tiefe Schwärze
auf uns lag
weiße Asche
fiel wie Schnee

Schweigend
taten sich auf
die Tore der Meere

Da schossen
einer nach dem anderen
geisterweiße Vögel
in unendlicher Folge
aus dem Dunkel hervor
mit sich ewig wiederholendem Schrei:
tekeli-li, t e k e l i - l i, t e k e l i - l i, ...*

*: Zu Edgar Allan Poe: *Die Abenteuer Gordon Pyms*.

# Brandung

Jetzt bist du hier. Hier!

Und du erinnerst dich nicht, wie, wann, wieso?

Du erinnerst dich nicht.

Die weißen Kronen aus Schaum, unter *ihrem* Licht rollen sie heran.

Du sitzt im Sand am Strand.

Meer. Das ist Brandung, denkst du.

Du schaust hinaus in dieser warmen Sommernacht und lauschst der singenden See. Du schaust empor in das bleiche Licht der Vollen Mondin. Und so bleibt es für lange Zeit.

Jetzt aber schließt du die Augen.

Und die Flut steigt.

Das ist Grenze! Grenzbereich. Wasser und Erde. Immer dort geschehen seltsame Dinge.

Dann schaust du wieder Wolken, Wasser und Strand.

Du schließt die Augen ein zweites Mal und versinkst im Sand. Steigende Wasser, schwindende Erde. Du schaust dich um, begreifst: Also versinke ich in Sand und Meer, in Meer und Sand. Und so geschieht es.

Du schließt deine Augen ein drittes Mal, atmest tief ein: Luft und Duft nach Meer und Sand und all dem Leben und Tod darin. Dann atmest du Wasser, dann Sand.

Doch da ist weder Würgen noch Röcheln noch Husten noch Schreien. Denn hier an diesem Ort in dieser Nacht könnte dir alles passieren, was du willst.

Und so war es. Und so ist es:

Versunken - verschwunden - vergessen: tot!

## Ende und Anfang

Sie nimmt seine Hand in der Nacht und flüstert ihm ins Ohr: »Schau, aus den schweigenden Wassern steigt die Mondin empor.«

Beide sehen sie hinab.

Lächelnd locken Licht und See: »Kommt!«

Sie tun es: Sie springen.

Und donnernd zerstiebt die Stille. Schreiend breiten sich Wellen aus: im See, an Land, in Luft, im All.

Die Anderen - welche Wesen mögen es wohl gewesen sein? - sahen sie nie wieder. Denn sie, die sprangen, waren die ersten und zugleich die letzten Menschen dieser Welt.


Wieder träumt still der See. Noch immer spiegelt sich in ihm das volle Rund der Mondin, denn es ist Nacht.

Andere Wesen hocken dort oben und schauen von den Ufern hinab, ihre spiegelnden Bider dort unten zu finden, und nehmen sie nirgendwo war, von hier oben niemals.

Also tun sie es, halten sich an den Händen und springen.

Und donnernd zerstiebt die Stille. Schreiend breiten sich Wellen aus: im See, an Land, in Luft, im All.

So war es schon einmal, so geschieht es immer wieder. Sie wissen es nicht.

## Kleine und große Blasen

Ist es die uralte Schwester Mondin über der Erde, die da Gezeiten erzeugt und Leben? Oder aber sind es die rauchenden Schlote dort unten im Meer, wo alles mit Bakterien begann?

Damals zu der Zeit, als es noch keine Augen gab zu sehen und die Mondin gigantisch groß und strahlend hell die Nacht der leeren Erde beleuchtet hätte, wären da nicht die vielen Wolken gewesen, damals vor der Zeit, als das erste Leben winzig klein begann, damals, als noch kein Sauerstoff das erste Leben erstickte, da geschah es:

Blasen bildeten sich, die die ersten Teile unseres Erbguts in sich trugen. Blasen im Kleinen hier unten.

Und *sie* gigantisch groß stand still dort oben am schwarzen Himmel.

Unten schwammen die kleinen Blasen in einem Meer, das unsere Mutter Erde bedeckte, die um einen Stern namens Sonn in *einer* Galaxie von so vielen in *einem* - von wie vielen? - Kosmen kreist, der auch nicht mehr als eine Blase ist.

Unten wie oben und oben wie unten.

So holt uns das alte magische Wissen wieder ein.

## Korallen

Unser ist sie, denn die Volle Mondin spricht zu uns: »Es ist Zeit!«

Jetzt unter *ihrem* Licht mitten in der Nacht unter der Oberfläche des Meeres am Rande des Kontinents hier in warmer See geschieht es: Milliarden von Spermien und Eiern stoßen wir aus, auf dass sie sich finden.

Und Leben entsteht wieder neu.

## So bin ich das Licht

»So bin ich das Licht!«, sprach ich zu dir.

Verwundert sahst du mich an.

»Doch höre! Auch die Schnecke am Hang*, die da kriecht in sanftem Klang empor im Mondinlicht auf silbrigem Pfad, auch sie bin ich, und auch der schreiende Segler am Morgen, die Schlange im Gras, Adler und Biene, Blüte wie Wurzel und tosendes Meer.

So bin ich Licht und Dunkel, Weiß und Schwarz und Grau, ein buntes Lachen und schreiender Schmerz.

So bin ich du, mein Freund, und du bist ich.

Und alles ist eins.

*: Roman *Die Schnecke am Hang* der Gebrüder Strugatzki.

## Das weite Meer bei Nacht*

Allein in einem winzigen Boot. Da sind nur das Meer und du! Und Sonn dort oben strahlt herab. Erbarmungslos verbrennt er deine nackte Haut?

Nein, morgen vielleicht, heute nicht mehr, denn schon ist Nacht über dir und um dich herum und überall. Das Knarren des Holzes und die leuchtenden Sterne dort oben, wo du staunend die Volle Mondin schaust: so groß und klar wie nie zuvor, die dich ruft mit ihrem magischen Licht, die dich *ruft*!

Wo? Wieso? Was war da?, rasen Gedanken in dir.

Doch du erinnerst dich nicht, nur an eine Geschichte über einen alten Mann und das Meer. Was du aber sicher weißt, ist dies: Ich bin weder Mann noch alt noch Fischer. Niemals lebte ich in Kuba. Also heiße ich weder Santiago, noch warte ich seit über 80 Tagen auf meinen ersten Fang.

Denn *du* bist eine junge Frau in einem alten hölzernen Boot - ja, das könnte tatsächlich von damals sein, Santiagos Fischerboot, das wäre möglich, jawohl. Und du bist allein, so plötzlich allein und erinnerst dich nicht, an nichts, was vorher war.

Das heißt doch. Da war Lärm, nein, Musik, Rave, laut und schrill und dröhnend donnernd. Und dann war da noch der Tanz durch die Nacht und den Tag ...

Also fange ich auch keinen Fisch. Also kämpfe ich nicht mit ihm um sein Leben und auch nicht mit den Haien, die mir meine Beute nehmen. Also wartet niemand auf mich am Strand. Also gibt es kein Happy End! Also bin ich allein in der endlosen Weite dieses einen Meeres.

Und es ist Nacht, klar der Himmel über dir, weht ein wenig Wind, sanft und warm spürst du die Luft ringsum.

---

*: Inspiriert von einem Film über Ernest Hemingway: *Der alte Mann und das Meer*.

So drehst du dich im Kreis und schaust dich um. Doch da sind nur Himmel und Meer und Dunkelheit. Sonst nichts!

Sonst nichts außer mir und der Stille!?

Nein, das kann nicht sein!

Du schließt deine Augen und träumst davon, allein auf dem Meer zu sein und niemals mehr aus deinem Traum zu erwachen.

## Würmer

Sie leben am Grunde des Meeres: Seltsame Tiere mit Tentakeln um den Mund herum. Wenige Menschen nur wissen von ihnen. Es sind Würmer. Biologen schufen für sie einen eigenen Stamm mit dem Namen *Sipunculida*. Sie alle bewohnen leere Schalen von Schnecken und verlassene Wurmröhren. Eine Art bohrt sich an den Küsten tiefe Gänge.

Das sind ein paar Worte zur Biologie, das sind die Fakten. Und nun nähern wir uns den magischen Dingen. Denn dort an der Küste der Malaiischen Archipels bauen sie in dem Streifen, der nur von der großen Monatsflut überspült wird, ihre tiefen Gänge bis zum Grundwasser hinab.

Und schau!

Jetzt wogt das Meer heran, so sanft, so unbemerkt. Jetzt, wo dort oben die Volle Mondin scheint, kommt das langersehnte Wasser und fließt von oben und unten, strömt in alle Gänge ein.

Jetzt tanzen die Würmer ihre nie von Menschenaugen gesehene Tänze.

Jetzt ...

Andere in den Tiefen richten sich auf. Sie sind strudelnde Würmer im Wasser.

Die Erde bebt. Sie fühlen den Ton. Augenlos und ohrenlos heben sie sich auf aus Äonen währendem Schlaf, strecken sich empor, dem Ton, dem Licht entgegen.

Nie aber werden sie die Höhen aus Licht und Klang erreichen.

So sind sie wie wir voller Sehnsucht, sind strudelnde Würmer im Zeitenstrom.

### *In die Lüfte!*

**Denn ich bin**

Denn ich bin
der Herr der Nacht

Flatternde
Fledermausschwingen
umschwirren mein Haupt

Eule
ist der Name
meiner Schwester

# Die einzige Nacht

Flug des Termitenmannes auf der Suche nach ihr.

Jetzt in der *einzigen* Nacht orientierst du dich nach dem Licht der Vollen Mondin.

Warum? Warum nur folgst du nicht *ihren* Pheromonen, *ihrem* Duft? Warum dem Licht?

Denn *sie* ist es nicht, die stärker und näher scheint.

Deine Augen sehen zum ersten Mal. Und so wie dir ging es allen anderen Generationen zuvor. Früher war es richtig. Doch die Welt hat sich gedreht und vieles sich geändert. Denn es ist ein Lampenlicht der Menschen, eine Falle, die dich fängt und tötet. Und so gelangst du nicht zu *ihr*, wirst niemals Kinder haben, deine Gene nicht weitergeben. So landest du im Magen, im Gedärm, im Körper eines eiweißhungrigen Menschen.

»Und das ist der Sinn meines Lebens?«, würdest du schreiend noch im letzten Augenblick kurz vor deinem Tod fragen, wärest du ein Mensch, wüsstest du so wenig von der Natur, glaubtest du an einen guten Gott, der die Braven belohnt.

Aber so ist es ja nicht! Weder ist Gott ein Mensch noch gut noch böse. Und auch du bist kein Mensch.

»Du bist ein Insekt!«, spricht der Mensch und erdachte dich einst als reine Reflexmaschine.

Hast du deshalb keinen Glauben? Keine Gefühle? Keine Seele? Keinen Gott?

Doch was wissen schon Menschen von den zahllosen Welten dort draußen - auf der Erde und im All - sowie tief in ihrem Innern?

## Erwachen

Du öffnest die Augen.

Alles fort!, weint deine zitternde Seele. Nichts mehr da! Nicht mehr das Licht auf dem Tisch vor mir, nicht mehr der rote Wein und nicht die Musik, nicht das Stimmengewirr, nicht mehr der Ordner mit dem Typoskript, deinem computergeschriebenem Manuskript, alles fort!

Wo bin ich?

Du öffnest die Augen und findest dich nicht, *noch* nicht! Sitze noch immer irgendwo auf irgendwas, denkst du.

Du öffnest die Augen und siehst ... nicht den OP, den Operationssaal, vor genau einem Jahr und nicht die Intensivstation. Oder war das damals nur ein Film? Und doch so real!

Du öffnest die Augen und siehst und drehst deinen Kopf - nicht um. Der Boden unter deinen Füßen bebt. Aber alles bleibt dunkel. Schwärze noch immer. Jetzt ist da ein Summen in der Luft - Mücken-, Bienen-, Hummelflug?

Das Summen wird zum Brummen.

Noch immer umgibt mich Schwärze, doch sitze ich nicht mehr, sondern liege irgendwie im Raum. Die Augen wieder geschlossen? Oder offen im Dunkel? Im Grab? Oder irgendwo, zu keiner Zeit?

Jetzt erst begreifst du: Es sind meine Flügel, deren Schläge diesen Klang erzeugen. Er kommt aus mir. Ich bin es, die summend erwacht!

Irgendetwas öffnet sich: Ein Lichtermeer überflutet deine immer offenen Augen. Farbexplosionen, Klänge und Düfte.

Und summend fliegst du hinaus in die vibrierende Weite.

# Hummelflug

Ich fliege!, denkst du. Ich fliege singend aus eigener Kraft, mit meinen Flügeln fliege ich empor.

Und du hast Glück. Oder ist es dein lautes Summen? Denn niemand von den Menschen dieser kleinen Stadt und auch nicht die schnappenden Kiefer des Schäferhundes dort auf der Terrasse noch ein Vogel aus leuchtendem Himmel hält dich brummende, summende Hummel auf, die du durch das offenstehende Fenster die kleine Wohnung verlässt und nun aufsteigst ins Blau, ins Licht des Frühlingstages.

Ich fliege!

Staunen. Das ist Leben, das ist Lust, das ist Himmel und Erde. Jetzt bin ich Frau und eins, zurückgekehrt. Und diese Farben, diese Bilder, dieser Klang, dieser Duft, die ... Da hört das Sprechen und Denken der Menschenseele im Hummelkörper auf.

Sie aber fliegt weiter, erinnert sich nicht, denn Hummel ist Hummel ist Hummel.

## Majas Nacht

Kühl wehten die Winde aus der tiefen Nacht des Waldes. Im Dunkel ruhten die Tannen. Da erwachte Maja*, sah sich um und lauschte.

Überall glitzerte und funkelte der silberne Tau im Gras. In der Ferne unter feinen Schleiern vibrieren leise die Blätter der Bäume. Und alles ringsum war in ein sanftes blaues Licht getaucht. Ganz anders als im Licht des Sonn, verzaubert war die Welt.

Das ist die Nacht!, dachte die kleine Biene und sah hinaus aus ihrem Blütenkelch.

Ein Klang von fern, so süß und hell. Es sangen die Grillen ihr Lied.

Also zog es sie fort - in die Weite hinaus.

*: Zu Waldemar Bonsel: *Die Biene Maja.*

### Die Nacht der Nächte

Es schweigt der Schrei in deinen Ohren. Es schreit das Schweigen tief in dir.

»Was ist geschehen? Was? ... Was? .... Was?«, hallen noch immer letzte Worte.

Dann ist  S T I L L E.

Du drehst dich suchend im Kreis. Noch ist Bewegung, noch ist Leben im Silberlicht der Mondin.

Du entfaltest die leuchtenden Flügel. Lautlos steigst du auf in die nicht endende Nacht. So süß, so stark, so ... wie nie zuvor duften diese ins gigantische gewachsenen Blumen! Doch grau wird alles in dir, was war, grau und leer. Letzte Schleier wehen. Neugeboren schaust du dich um.

Du sitzt im Kelch einer duftenden Blüte, leuchtend weiß im Mondinlicht.

Ein Summen, noch fern.

Deine Fühler tasten in den Raum.

Welch ein Bild der Nacht! Facettenhaft für einen winzigen Augenblick lang ganz zu Beginn. Und diese Farben, die du nie zuvor gesehen hast.

Diese Düfte!!!

Neugeboren singst du summend: »Iᴄʜ ʙɪɴ!«

## Rasende Flucht

Rasend schlagen die Schwingen der Nacht.

Schwärmer fliehen vor der Fledermaus, würden Menschen das nennen, was hier geschieht. Doch wir tragen andere Namen.

Wellen gegen Wellen, das ist der lautlose Kampf, den kein Mensch hören kann, noch nicht!

So ist dir die Flucht geglückt.

So fliehst du noch immer in taumelnden Flug durch die Wärme dieser einen Nacht. Hinter dir weißt du die mächtigen, lauschenden Ohren, die dich jagen.

So fliegst du dem Licht, dem sanften, rufenden Licht der Vollen Mondin entgegen, das dich leitet, das dir hilft auf deinem Weg zu ihr, deren Duft deine Antennen atmen, die dich lockt, deren Ruf du folgst, die dein Leben und das Leben deiner Kinder ist: Denn ewig lockt das Weib!

## Schwärmer

Nun ist die Zeit gekommen: Die Schwärmer verlassen ihre Blüten. »Komm! Lass uns flattern durch die Düfte dieser lauen Nacht!«

Du glaubst, aus Träumen zu erwachen.

Die Volle Mondin dort oben leuchtet wie immer. Doch heute ziehen Wolken vor ihr dahin.

Die Wärme des Sommers ist überall.

Du witterst den Duft. Du kannst nicht widerstehen. Du stehst auf aus dem Tageslager. Du lässt deine Flügel vibrieren. Du hebst ab. Dich zieht der Ruf *ihres* Duftes hinfort. Du hörst dich schwirren durch das Dunkel - *ihr* entgegen.

Jetzt weißt du, dass du ein Schwärmer bist, ein Falter der Nacht. Und du folgst *ihrem* Ruf wie all die anderen Männer neben dir. Vor dir, noch weit, dein Ziel: *Sie* - die Frau deiner Träume, die dich zu sich ruft.

## Schwarzes Meer

Die Brandung des schwarzen Meeres. Strahlend weiß die Wellenkämme. Nirgendwo ein Mensch: kein Surfer weit und breit, und auch der rosarote Strand ist leer.

Und du und ich - wo sind wir?

Du wühlst dich empor aus der kühlenden Tiefe deiner Mutter Erde. Denn es ruft dich eine andere Nacht. Jetzt durchbrichst du die Oberfläche aus Sand. Deinen alten Körper wirfst du ab. Flügel entfalten sich: GEBOREN!

Du siehst nicht auf und nicht die Volle Mondin, die ist eine von einem Meer von funkelnden Sternen umgebene Scheibe aus weißem Licht - in Menschenaugen. Wie deine Flügel glitzern und glänzen in ihrem Licht!

Du schaust dich nicht um. Doch überall wölbt sich, bricht Erde auf, überall sind da berstende Körper und raschelnde, klirrende, gläserne Flügelpaare.

»WIR«, singt es in dir und all den anderen.

Du lässt deine Flügel schwirren. Zum ersten Mal erhebst du dich in warme Nacht. Ich bin der Anfang, denkst du. Doch weiter denkst du nicht.

Dann fliegen auch all die anderen empor.

Wir sind eins, vollkommen glücklich, mit Erde und Luft und Nacht vereint. So schweben wir *ihrem* Licht entgegen. Unter uns leuchtet noch immer weiß die Ebene. Endlos der Strom aus Flattern, schwarz. Noch immer steigen die anderen auf, hinauf zu uns. Wir schweben, warten, erwarten sie hier oben zwischen Erde und All. Wir tanzen, denn diese Nacht, diese eine Nacht ist unser Leben. In dieser Nacht erwacht tanzen wir wild zuckend und duftend zugleich. So locken wir sie an.

Dort kommen sie.

Mann, flieg ran, greif zu!

Doch die Frauen treffen die Wahl.

Oh, eine kommt auf mich zu!

Wir paaren uns, und sterbend sinken wir auch schon,

Eier fallen, im Flug noch öffnen sie sich, unten auf der Oberfläche der Erde - die wir niemals erreichen, denn Mäuler und Zähne packen unsere toten Körper - werfen sie ihre Fallschirmflügel ab, schlüpfen aus und graben sich ein in schützende Tiefe.

Irgendwann dann, wenn der Ruf ertönt, werden sie dort nach langer Zeit, in der sie wuchsen und fraßen und sich still verpuppten, erwachen, sich zur Oberfläche emporgraben. So wird alles wieder von Neuem beginnen.

### Und aus den Tiefen

Und aus den Tiefen
steigen auf
Schwärme von Faltern
dunkel und still
aus meinen Träumen empor
aus meiner Stirn
und ...

So finde ich mich - uns alle schweben:
gläserne Schwingen in leuchtender Nacht
flatternd über glitzernden Netze aus Seide
Durch flüsternde Wälder gleitend

Jetzt tauchen wir ein
in die weißen Meere
Blütenfelder in Schwärze
Umnebelt, berauscht!

*Feuer und Flamme sein*

## Fall

Schau
meine Flügel
stehen in Flammen!

Und brennend stürzen
Tauben aus den Himmeln

Und du glaubst
es wäre Nacht
und alles vollbracht?

# Das Auge

Ein gigantisches Auge - offen, die Pupille blau - ruht dort über dir am Himmel einer rabenschwarzen Nacht.

Du siehst es klar über dir, denn es scheint zu leuchten. Und du weißt, dass du einer der wenigen bist, die es wahrnehmen können. Das ist das Eine.

Das andere aber ...

Schade, dass es zu tröpfeln beginnt. Regen fällt, und das in dieser wundersamen Nacht der Nächte, ärgerst du dich ein wenig.

Doch beim Leuchten des Kometen siehst du die Farbe in den Regentropfen, die da fallen und fallen und fallen. Das wird einfach niemals enden. Sie tragen die Farbe deines Blutes: Sie alle sind rot.

Du schaust wieder empor.

Ja, jetzt siehst du es, dort oben im Blau der Pupille steckt ein schwarzer Speer, der noch vom Aufprall hin und her schwingt. Ach nein, er bohrt sich zitternd ein. Ströme von Blut sprühen aus der Wunde. Zu feinen Nebeln zerstäubt fallen sie als Regen auf die Erde hernieder.

Das Auge Gottes blutet, denkst du noch einen Augenblick lang, während sich der rote Regen in Flammen verwandelt.

So brennen die Himmel lichterloh, also auch deine Welt hier unten und du mit ihr. Und nicht nur du, sondern wir alle. Alles Leben und alle Dinge, alles, alles verbrennt zu Asche.

Welch wunderschöner Anblick aus der Ferne für die wenigen Menschen in der Raumstation mit Namen ISS. Was werden sie nun tun, jetzt, da sie die einzigen Überlebenden sind?

# Flammender Ruf

Der Ruf ertönt.

O nein, nicht aus dem Rauschen des ewig laufenden, senderfreien Fernsehers, nein! Das war einmal. Heutzutage gibt es 24 Stunden-Programm. Und weder Telefon noch Handy klingeln.

Der Ruf ertönt in dir.

Zunächst ist da nur ein Zischen, schlangen-vogel-spinnengleich.

Lächelnd blickst du auf, denn diese Tiere haben wirklich mit alldem nichts zu tun. Doch wundern tust du dich doch, dass jetzt schon die Zeit gekommen ist. Denn du weißt ja längst, was jetzt geschehen wird: Der Schläfer ist erwacht. Die Trommel des Schamanen dröhnt in deinen Ohren. Das ist der Ruf der Nacht.

Tore öffnen sich im Flammenmeer vor dir: schwarze Leere in den rot lodernden Feuern, die nun überall brennen.

Jetzt ist die Zeit gekommen, auf die du schon immer gewartet hast. Also erhebst du dich in deiner wahren Gestalt von deinem Bett, verlässt deine Wohnung, das Haus und gehst auf das Feuermeer zu, um in ihm zu baden?

Ja, du wirfst dich förmlich hinein. Hinter dir schreit kurz ein letztes Mal dein Menschenkörper auf. Dann durchschreitet deine Flammengestalt die Höllentore, eins nach dem anderen, wo die anderen Dämonen dich längst erwarten. Stumm verneigen sie sich vor dir, dem Siebten und führen ihre linke Pfote zur rechten Brust, in der ihr Herz schlägt. Und so ist es nun auch bei dir.

## Glühwürmchen

Kaltes Licht
aus tausend Leibern
leuchtet so hell
über klarem Quell
dem Elbentanz
unter Mondinschein
und Sternenglanz

## Licht ruft

Es ist die Flamme der Kerze, die dich lockt.

Nein, nicht die Wärme, sondern das Licht!

Du fliegst ihr brummend entgegen.

Und brennend verlässt du sie.

Also bist du hindurchgeflogen.

Also hat sie dich berührt und wahrhaft ganz durchdrungen.

Und brennend träumst du dich durch die Kälte der Nacht.

Keine Schmerzen. Kein Ende. Kein Erinnern.

Andere neben dir, auch sie brennen, auch sie schweben brennend empor, der Vollen Mondin entgegen.

## Tod und Leben

»Kommt! Es ist Zeit, die Zeit, die Zeit der singenden Mondin. Kommt! Folgt der Stimme der Nacht, die so voller Sehnsucht ist!«

Nun sind wir dort, an jenem heiligen Ort, an dem schon immer um diese Zeit unsere Ahnen waren.

»Mutter, reich uns dein Kind unter *ihrem* bleichen Licht!«

Schau, wie süß, noch liegt es da und schreit! Doch wird es von uns gehen zur heiligen Stunde.

Schau, jetzt ist alles still! Denn über den liegenden Stein strich der Mondin Schein und sanft auch die Klinge über seinen Hals.

Warmes Blut dampft gleich dem Rauch der Feuer, die überall ringsum brennen, in *ihrem* Licht empor. Hier und an all den anderen Altären.

Eins steigt auf, eins fällt herab.

Leben geht und Leben fällt aus *deinem* Licht, o Mutter der Nacht! Wir geben dir, so gib auch uns - die Macht!

## Wärme jetzt!

Erst dachte er es, sah es in sich.

Dann geschah es - mitten in einem Film und tief in der Nacht: Flammen schlugen da aus seinem Haar!

Sie standen ihm zu Berge, züngelten dann über seine Stirn, als wehte da ein Wind, brauste ein Sturm von hinten durch lockeres, dichtes, langes Haar.

Das ist doch keine Shampoowerbung! Bin ich denn eine Frau? Ja, einst trug ich sie lang, doch eben noch waren sie kurz!

Feuerschlangen gleich züngelnd zogen ihn nun seine Haare zum Fenster hin.

Nach Wärme rief seine Seele und lachte, hörte gar nicht mehr auf und sang: »Endlich Frühling, nie mehr Kälte, nie mehr Winter!«

Und die Vorhänge brannten lichterloh. Berstendes Glas.

Kopf voran schoss er durch das Flammentor hinaus in die Schwärze der Nacht.

Still strahlen die Sterne, dachte etwas dort irgendwo. Und niemand sieht mich, und keiner schreit, und ich bin allein ... wohin nur, wohin?

So schwebte der brennende Mann empor, verschwand in der Nacht und wurde nie mehr gesehen in der Menschenwelt.

Ich aber fand ihn irgendwann und irgendwo. Ich aber sah ihm zu. Ich aber hörte seine Gedanken. Also erzähle ich es euch.

Wärme strömt aus diesen Bildern und Gedanken, dem Feuer dort und unserem hier, an dem wir Araber - die Nichtsesshaften, von den Fremden Beduinen genannt - sitzen, hier in der Wüstennacht unter funkelnden Sternen, unter *ihrem* Licht, das so ähnlich scheinen mag wie das der Mondin über seiner Welt.

## Wo

Wo mein Wille wirkt
dort wanken Berge

Feuer
ist der Atem
meiner Seele

Brennend
sinkst du nieder
der du mich schaust

## Zurückgekehrt zur Bank im Park

Inzwischen hat sich das Zentrum verwandelt, nun ja, ist nicht mehr das, was es einst einmal war, es wurde von Menschenhand verändert. Dort wachsen keine Heckenrosen mehr. Was blieb, ist der Ort, der Raum: Ein gepflasterter Kreis, ein sich kreuzender Weg aus Steinen, umgeben von Blumenbeeten. Heute ist alles anders als einst.

Erinnerst du dich an damals, als der junge Mann den Park betrat, den kleinen von gestutzten Platanen umstandenen, verlassenen Platz?

Er blieb stehen, hob die Arme empor und rief die Worte in den weichenden Tag. »Ich bin zurückgekehrt!«, lachte seine Stimme vor Glück.

Mauersegler schossen über ihm hinein in den Abend dieses Tages. Nicht seinetwegen waren sie gekommen, doch sie spürten ihn dort unten. Also war es noch Sommer, wie auch zu anderer Zeit, als er dort auf einer Bank saß und ...

Und was kam dann? Er konnte sich nicht daran erinnern. Niemand saß dort auf irgendeiner Bank! So sah er sich noch einmal um, lauschte, schaute kurz das dicht bewachsene Zentrum des Platzes und ging schweigend davon.

War es nicht Sommer gewesen, als der junge Mann dort im Licht der Vollen Mondin starb?

Geschah es nicht in einer kleinen Stadt mit Namen Kaiserslautern unter Platanen im Park, wo ein Penner ihn mit starren Augen fand?

Ja, so war es! So ist es! So wird es sein!

Und schlief nicht auch der alte Mann ein und träumte wildwüste Träume bis ins Morgendämmern des Tages hinein, wenn Sonn sich erhebt und andere Dinge in seinem Licht geschehen?

Ja, dies ist eine von vielen Ebenen. Der Park, der

Platz, das Kreisrund von Platanen und Bänken, so verlassen in der Nacht. Einst nannte ich diesen Ort *Stadt*. Doch ist er nur ein Teil einer Stadt. Und es gibt so viele Städte heute und hier auf dieser Erde. Und wie viele mehr gestern und morgen, auf anderen Planeten, in anderen Räumen, so viele! Nicht überall strahlt das magische, vom Sonn durch Mondin gespiegelte Licht herab. Doch hier und jetzt geschieht es. Und es ist Herbst.

Hochgewachsen sind die Rosenhecken. Jetzt leuchten so rot aus Grün die Hagebutten, wo einst im Sommer Blüten blühten. Braune Blätter, trocken, segeln von den Platanen herab. Eins trifft dich am Arm. Du lächelst. Doch die Hecken hinter dir haben sie niedergeschnitten.

Was für ein Sound! Der volle Abgaslärm. Motoren kreisen dich ein. Ja, so ist das mit den runden Plätzen.

Und auch das Zentrum, wo die Rosen wachsen, ja, auch dieses Zentrum ist von Steinen zum Kreis begrenzt und von Menschenhand beschnitten. Noch lebt es, doch bald werden sie es niedermetzeln bis zum Grund!

Nie werde ich das Zentrum des Kreises betreten!, denkst du, jetzt nicht im Licht des Sonn und auch nicht unter ihrem Licht in tiefer Nacht.

Rosen - »Dornen« - Dornröschen - und der Prinz bin ich?

Und wer liegt dort, schlafend, so endlos weit entfernt und träumt?

Bist *du* es, die ich liebe, oder ES, das mich schreiend aus dem Zentrum des Kreises fliehen lässt, in den ich nie gelangen werde, niemals, nie?

Oder aber doch, nur nicht als Mensch?

»Träumst du?«, fragt dich eine Stimme von irgendwoher.

Welch eine Frage! Woher? Weshalb? Und wo bin ich?, denkst du und öffnest deine Augen.

Es ist Nacht. Schwärze. Es ist der Platz, du weißt es. Eine von vielen Platanen in deinem Rücken, sie nickt mir sicherlich zu, denkst du. Noch brennen die gläsernen Laternen.

Jetzt aber erlöschen sie, und nur das blasse Licht der Vollen Mondin strahlt dort oben über dir. Vor dir aber liegt das Zentrum des Platzes, das von »Dornen« umwachsene - es sind ja Stacheln!, weißt du, Erinnerung an eine ferne Zeit des Studiums der Biologie - vor dir liegt das Zentrum des Kreises. Dornröschen und der Prinz. Du erinnerst dich?

Irgendwie und irgendwann mussst du aufgestanden und schlafwandelnd hinaus zum Platz gewankt sein. Oder aber du träumst seltsame Träume und liegst noch immer in deinem Bett. Doch wie auch immer: »Werde ich das Zentrum sehen?«, flüsterst du verwundert dir selber zu.

Irgendwo heulen Wölfe.

Und das mitten in der Stadt? Heutzutage? *Wolfen* fällt dir ein, ein Film.

Das Heulen kommt von vorn, es bricht durchs Rosengestrüpp, ertönt aus dem Zentrum, das dir noch immer verschlossen ist. Es ruft dich.

Du schaust empor, dann drehst du dich im Kreis, den Blick wieder auf den Boden (der Realität) gerichtet. Du drehst dich um. Hinter dir auf einer Bank sitzt ein junger Mann, den Kopf im Nacken, er schaut mit starren Augen in ihr Licht.

Du näherst dich ihm. Wer ist er? Ob er wohl noch lebt?, fragst du dich.

Du gehst noch immer auf ihn zu, aber du erreichst ihn nicht. Komme ich überhaupt voran?

Dann irgendwann wird alles wunderbar hell, und die Welt ist ver-rückt, denn die Perspektive stimmt überhaupt nicht mehr: die Bank, der Mann - so weit, so hoch, so groß. Und erst diese Düfte der Nacht! Dieser Lärm in deinen Ohren! So sieht, so riecht, so hört doch kein Mensch! Etwas ist geschehen unter *ihrem* Licht, in dieser Nacht. Doch - wenn irgendwo eine Pfütze wäre ...

Du drehst dich wieder weg von diesem Menschen dort oben auf der Bank. Du umläufst den Platz im Kreis. Dort ist sie ja, eine Pfütze aus spiegelndem Licht. War sie schon immer da?

Du hast  sie erreicht. Du schaust in den Spiegel. *Spiegelwelten deiner Seele*, denkt es in dir einen Augenblick lang. Dann ...

Ein Traum, diese großen, großen schwarzen Pupillen, die jetzt sich im gespiegelten Licht zu senkrechten Schlitzen verengen. Lange tastende Haare, die Nase so klein und so viel Fell im Gesicht. Irgendwo hinter dir flattert ein Tier im Geäst einer der Platanen: Vogel. Du drehst deine spitzen Ohren dem Schall entgegen und mit ihnen deinen Kopf: Beute. Jagd. Und ich bin eine Katze - o sorry, ein Kater, denkst du schon gar nicht mehr verwundert und schleichst auf samtenen Pfoten ins Dickicht vor dir. Ja, biegsam und klein muss man sein.

Du bist auf dem Weg ins Zentrum des Kreises. Einst schien es dir als Mensch nur wenige Meter entfernt, doch nun in dieser Nacht als Katze dehnt sich der Raum. Doch wenn der Weg das Ziel ist? Dann ist da kein Ende, kein Zentrum, dann bist du immer unterwegs! Erst als Mensch, jetzt als Katze - vielleicht eines Tages dann auch als Wolf?

Doch jetzt ist jetzt. Bin Räuber auf samtenen Pfoten mit scharfen Krallen: »Katze« nennen mich die Menschen. Erinnere mich nur wenig noch an mich als Mensch. Das war vor langer Zeit. Da war ich ein Kind, ein Junge. Wie ich sehr ich sie doch liebte und es noch immer tue, seit der Zeit, als ich zusammen mit einem jungen Löwen auf einer Bank im Zoo saß? Seit ich dich in Katzengestalt im Treppenflur eines Hauses auf dem Land antraf?

Ach ja, liebe(r) LeserIn, unterbrechen wir hier die Gedanken einer Katze, die immer privater werden. Das interessiert dich doch wirklich nicht. Stattdessen ein Hinweis auf das Flattern im Geäst, das die Katze soeben vernahm: Es war ein Vogel, ein schwarzer Vogel, der nicht dem *Licht der Vollen Mondin* entgegenflog. Nein! Denn die Rabenkrähe erhebt sich, steigt auf - diese Krähe lebt in der Nacht. Schau nur ihre großen schwarzen Augen! Nein, das ist nicht die Krähe aus *The Crow,* denn dieser Mann hier kehrte nicht von den Toten zurück. Er ist ja jetzt ein Kater, und die Krähe folgt ihm nicht, sondern fliegt hinein in die Schwärze, die sich öffnet zum Tor.

Jenseits des Tores aber wallen weiße Nebel an den Grenzen, dort erwacht das *Nebelland*, dort begrüßt die Krähe krächzend Manfred den Magier, der sich bald in einen Drachen verwandeln wird.

Ob sie ein gewöhnlicher Vogel ist?

Nein, wir hörten ja schon von ihren Augen. Und vielleicht ist ihr Name Badb, Göttin des Krieges, die den Menschen im Kampf zur Seite stand, damals vor langer Zeit. Denn gerne isst sie, wie alle Krähen auch, die Augen der Toten.

Doch zurück zu dir, Kater: Was tust *du* eigentlich, während die Krähe diese Welt verlässt?

Du schleichst weiter auf samtenen Pfoten einen nie gegangenen Pfad, der nicht leuchtet (seltsamer Gedanke: ein *Leuchtender Pfad*), bewegst dich leise am Fuße im Schatten der Rosensträucher entlang und durch die Nacht.

Dann geschieht es. So plötzlich. Du spitzt deine Ohren, drehst deinen Kopf: Nichts! Nichts mehr! Keine Grille, kein Autorauschen von fern, noch nicht einmal ein Hauch von Wind. S T I L L E!

Doch etwas ruft dich ins Zentrum, etwas zieht dich so stark an, dass du nicht widerstehen kannst. Ein Zurück gibt es jetzt nicht mehr.

Und das Dunkel unter den Sträuchern hat sich zur absoluten Schwärze verdichtet, die auch deine restlichtverstärkten Augen nicht durchdringen können. Also siehst du und hörst du nichts mehr.

In dir aber flüstert eine Katzenstimme.

Du riechst und fühlst sie, springst los und läufst und durcheilst die schwarze Röhre, die dich nun umhüllt.

Sie ruft, sie wälzt sich vor Gier nach Lust dort drüben im Sand. Sie will den Kater, den einzigen Kater weit und breit in dieser fernen Welt - und der bist du.

Hinter dir ertönt ein gewaltiges Brausen.

Du drehst deinen Kopf herum.

Dort verschwindet die alte Welt.

Das lässt dich kalt! Denn sie ist nicht mehr in dir, sie ruft dich nicht mehr, jetzt kannst du endlich wieder klar denken. Wer war, wer ist sie? Nur eine Katze? Und wie kam sie dorthin?, denkt dein Menschenverstand im Katerkörper. Und nun, was soll ich tun? Schneller laufen? Oder langsamer gehen?

Du schaust wieder geradeaus, voraus - in die Zukunft.

Und das Brausen endet hinter dir.

Also schleichst du langsam voran durchs Gras unter deinen Pfoten, das immer höher wird, es streichelt so weich deine Tasthaare und die Nase und riecht überhaupt nicht wie Erdengras.

Wo bin ich? In anderem Raum, in anderer Zeit?

Dann irgendwann blitzt auf in weiter Ferne ein helles, grelles Licht: Weiss! Und dann ist da noch ein schrecklich lautes Heulen.

Du drehst deine Ohren weg. Deine Pupillen verengen sich zu schmalen Schlitzen. Weiße Welt! Du näherst dich dem Ende des Tunnels, du schleichst hinaus, ein wenig nur zunächst. So verharrst du und lauschst und schnupperst, tastest dich vor in diesen unbekannten Raum, der ohne Deckung ist.

Dort verliert Erdenmagie ihre Macht. So erhebst du

dich auf die Beine, hältst dir die Hände geblendet vor die Augen. Bist wieder Mensch im Menschenkörper!

Irgendwann dann kannst du wieder sehen, denn eine dunkle Haut gleich einer Sonnenbrille wuchs dir über die Augen. Jetzt siehst du diese Welt mit wahrhaft anderen Augen, diese neue Welt, die so anders als die Erde ist, woher du kommst. Jetzt bist du - und nur das Jetzt ist wirklich - in einer Welt, wo schwarze Sterne in strahlend weißem Himmel zu verharren scheinen und irgendwo, ja dort, die schwarze Scheibe einer Vollen Mondin steht.

Dann endet dein Denken. Leere.

Du siehst die Hügel vor dir. Weiße Wölfe heulen dort die Schwarze Mondin an. Sie haben sich in der Ferne zum Gebet versammelt. Das weißt du. Du schaust noch immer gebannt.

Dann schwebst du lautlos dahin, verwandelst dich wieder im Flug, wirst diesmal zum weißen Wolf und fragst dich nicht, wer die anderen sind, die da noch immer in weißer Nacht heulen. Denn jetzt hebst auch du deinen Kopf in den Nacken, öffnest deinen Mund und rufst jaulend den weißen Himmel an und erinnerst dich nicht mehr daran, dass du dir einst in Menschengestalt solch ein Universum erträumtest. Denn während du singst, nun mitten unter ihnen, die nichts anderes tun als du, während die Welt in heulendem Rauschen verklingt, wird fast alles in dir gelöscht: was einst war und wer du warst. Manchmal von Zeit zu Zeit nur tauchen noch Bilder in dir auf, wie Blitze. Es sind sich bewegende Bilder, Geschichten, die irgendwo fern geschehen - wie seltsam! Ob es das gibt?: Eine Welt mit einer schwarzen Nacht mit winzigen hellen Sternen darin und Wolken darunter, in der bleich und weiß eine Volle Mondin scheint.

Diesen weißen Raum werden wir wiederfinden auf unserem Weg zu den Sternen, dann, wenn wir durch Sonnen reisen, flüstert eine Stimme in dir.

Und alles verblasst vor deinen verdunkelten Augen,

verhallt in deinen Ohren, und so entschwinden auch die Düfte dieser Welt aus deiner Nase, alles verklingt in dir.

Du wachst auf - in deinem Zimmer - als Mensch!

Und wo ist der Park, der Weg zum Zentrum als Kater, wo die andere Welt dort drüben, mein Leben als weißer Wolf unter weißen Wölfen? Wo ist all dies geblieben?, fragst du dich.

Noch erinnerst du dich, noch!

War alles also nur ein Traum?, den du dir jetzt notierst, du kleiner, großer Dichter namens Rainar.

Doch alles könnte auch ganz anders sein: Vielleicht träumt der junge Mann dort unten im Park von seinem zweiten Ich, das ganz in der Nähe in einem kleinen Dachzimmer lebt, davon, dass dessen Finger dort über eine Computertastatur rasen, dass er auf seinem Drehstuhl vor einem Monitor sitzt, auf dem nur Worte, Sätze aufleuchten, die Geschichten werden und sich dann zu einem Gespinst verweben, das niemand mehr entwirren kann, in dem also nun alle gefangen sind - alle Wesen all dieser Welten?

Und was ist mit der Katze, die dich von drüben rief? Wer ist sie?

Das bist du, meine große Liebe!, denkst du und weinst.

Immer wieder hast du sie dir erträumt. Überall begegnet sie dir: als Katze, versteht sich, doch auch als Krähe, als Wölfin, vielleicht aber auch als Menschenfrau?

Wie auch immer, du gelangst nicht zu ihr, beachtest sie nicht, kapierst es einfach nicht, schaust immer wieder vorbei.

# Von Göttern, Engeln und Dämonen

## Allein

Die Schatten von Mordor*
hinter funkelnder Klare
kommen näher
Und Lichter sterben

Allein
die helle Mondin
hält Wacht
wolkenumhüllt
in Erdenträumen

*: Siehe Tolkien: *Der Herr der Ringe.*

## Am Abend

Er geht *ihr* entgegen.

»Wem?«, fragst du.

Was für eine Frage! Der Mondin natürlich, der Vollen Mondin!

Welch ein Leuchten! Klingen geschliffenen Stahls, hier ein Messer, dort ein Schwert, gezückt, erhoben zum Schlag. Welch magisches Leuchten!, denkt er.

Zwei Wesen sieht er in dieser Nacht. Eins mit einem Messer, das andere hält ein Schwert in der Hand. Beide stechen, schlagen zu! Fallen den endlosen Fall mit blutender Brust, kopflos der Rumpf, in den Schoß ihrer Mutter zurück.

Ein Schmerz in seinem Herz. Seine Rechte fühlt … Nässe … der Stich! Sein Linke greift nach oben, an den … Leere, wo sich eben noch sein Kopf fand.

Und schon steigt er auf, lässt dort unten auf Erden seinen nackten, herzblutenden und kopflosen Körper zurück.

Singend und weinend tanzt seine Seele empor.

## Blind

Hörst du das Rascheln im Laub?

Ja!

Du drehst dich um die eigene Achse.

Nichts zu sehen!

Kahl sind die Bäume, bunte Blätter auf der Erde, denkst du hier an diesem Ort zu dieser Zeit, wo leuchtend Sonn jetzt untergeht ...

Etwas rast dort unter den Platanen immer im Kreis herum, etwas, das ihn einst auf einer Bank im Licht der Vollen Mondin sitzen sah, etwas, das bei ihm war, als der Tod ihn holte, etwas, das seine letzten Gedanken und Gefühle las.

Geh näher ran und friere die Bewegung ein! Ja, jetzt erkennst du es. Schau es an! Verstehst du nun?

Aus bleichem Gesicht weint es weiße Tränen in die nie endende Nacht.

Seitdem ist es blind, denn es verlor mit dem Wasser auch seine Augen: Leere Höhlen starren dich - nicht an.

Und weiter rast es im Kreis raschelnd durch Platanenlaub.

## Deine letzte Nacht

Es sind die rasenden Feuer in dir und eine weiße, wallende Stille dort draußen: die Volle Mondin in der Nacht.

Du hörst die Grillen singen, spürst die Wärme des Windes auf deiner Haut und weißt, dass es das letzte Mal ist. Also atmest du all die Düfte dieser Wiese, die dich vor gar nicht langer Zeit gebar, tiefer ein, als jemals zuvor.

Und so bleibt es für eine kurze Zeit - eine Ewigkeit.

Dann trifft dich das dämmernde Licht des Morgens.

Du sinkst zu Boden. Stammelnde Worte aus sterbenden Lippen.

Die Erde nimmt auf deinen Leib.

Ich sah deine Seele durch träumende Äste schweben, fallen ins Lichtermeer des Tages und - vergehen.

Und dann vergaß auch ich alles, was ich sah, was war.

### Drachentanz

Das ist der Hauch des Drachen, der dich ...

Du stößt ihn aus, den Feuerstrom.

ICH ... ich ... *ich* bin der Drache?

Zurückgekehrt?

Zuhause?

Du wendest dein Haupt und schaust nicht das Land hinter den Nebeln bei Nacht.

Das ist Drachenland! Dort, fern an den äußersten Grenzen, treffen sich Rabin und Mensch, ein Magier - irgendwo und irgendwann ...

Du weinst Drachentränen, die sich wandeln, während sie fallen, in Diamantenfeuer.

Und seltsame Fragen durchschwirren deinen Kopf, während fern Musik ertönt: »Tanzen Drachen zum Beben der Erde?

Oder aber erzittert Mutter unter den Füßen ihrer Kinder, während Drachenherzen summen?«, denkst du und beginnst auch schon rhythmisch mit deinen Füßen auf den Boden zu stampfen, spürst Gaia beben. So wächst der Lärm in deinen Ohren.

Blitze aus den Himmeln. Zeus schleudert seinen Donnerkeil.

Doch nicht auf dich, denn du bist ja wie er.

»Wer tanzt da noch?«, singst du hinaus (ein Brüllen in Menschenohren, wenn es sie denn hier gäbe).

Erdenspalten tun sich auf.

Etwas kommt von fern heran.

Es ist ... Gewaltig muss es sein.

Und - schon ist es vorübergezogen.

## Du schaust empor

Du schaust empor
Dein Mund öffnet sich
Deine Augen werden starr
Deine Seele beginnt zu schreien

Irgendwer
hört irgendwo
einen Wolf heulen

## Flügel

Er breitet die Arme nach hinten und zur Seite aus und sieht im Weitergehen das Bild in sich.

Jetzt drehen sich seine Arme auf. Gleißend weiße Flügel entfalten sich.

»Welch ein Wandel: Menschenarme in Engelsschwingen!«, würdest du rufen, wärest du hier.

Aber er ist allein. Kein Mensch sieht ihm zu. Er - Nein! - *Es* schaut auf aus schwarzen Augen. Und seine goldenen Lippen formen Worte, die wie Feuer brennen: Wɪʀ sind zurückgekehrt«, singt es aus ihm so polyphon: viele Stimmen zugleich, die nicht die von Menschen sind.

Und die Erde bebt unter dem Donner seiner Schritte.

Dann breitet es die Schwingen aus und schwebt senkrecht auf einer Säule aus Licht empor. So weit! Hinauf und hinaus in den Sternenhimmel.

Und nur eine Katze, so winzig schon dort unten, schaut ihm aus leuchtend grünen Augen nach, deren Pupillen sich längst zu Schlitzen geschlossen haben.

Kein Wunder bei diesem Leuchten in der Nacht!

### Das Flüstern

Es ist das Flüstern, das Flüstern in dir, sieben Mal, welch magische Zahl!: »Tu es! Tu es! Tu es! Tu es! Tu es! Tu es! Tu es!«

Noch immer weißt du nicht, was da in deiner Seele wispert.

Weshalb es das tut, weißt du auch nicht.

Und das Wichtigste von allem: Noch immer weißt du nicht, was du tun sollst.

»Was soll ich denn tun?«, fragst du weinend dich. »Was nur, was?«

»Du weißt es«, kichert da die Stimme in dir. »Du weißt es. Denn ich bin du, und du bist ich. Wir beide wissen, was wir taten, was wir tun und was wir tun werden. Erinnerst du dich?«

Du erinnerst dich an nichts.

Du tust nichts.

Jetzt nicht. Und irgendwann?

Wirst du es jemals tun, was immer es auch sein mag?

## Gefunden

Sie hatten mich gefunden. Die Wohnungstür sprang auf. Strahlendes Licht. So schritten sie über die Schwelle.

»Wer seid ihr?«, wollte ich fragen und blieb doch stumm. Zugleich fiel ich vor ihnen auf die Knie, der ich doch nur ein kleiner Mensch war, den die Götter besuchten?

Die Lichtgestalten aber sprachen kein Wort. »Du!«, sangen ihre Gedanken in meiner Seele, »Du!«

Und alles längst Vergessene brach auf: Schwärze. Von dieser Farbe schwarz, die keine Farbe ist, sondern das Fehlen aller Farben und von Licht, war einst meine Gestalt.

Weiß ist noch immer die ihre.

All die in mir gefangene Schwärze kroch nun wieder aus meinem sterbenden Menschenkörper hervor.

»Gefallener«, sangen ihre hellen, ach so klaren, reinen Stimmen in mir, »komm mit uns nach Hause!«

Und ich gehorchte, nein, ich wollte es so, unbedingt - Erlösung. Also kroch ich ihnen entgegen.

Sie wichen vor mir zurück, hoben sich leuchtend auf über das Haus und über die Stadt.

Und ich folgte ihnen von der Erde hinauf ins All und zu den Sternen.

Noch immer schwebe ich ihnen nach, die mich fanden, und kann sie doch niemals erreichen.

## Götterschmerz?

»Mutti, warum brennt die Welt?«, fragen die sterbenden Augen des kleinen Mädchens, das lichterloh in Flammen steht, vor Schmerzen gellend schreit, brüllend zu schwarzer Asche schrumpft.

Aber auch Mutti brennt und antwortet nicht, nie mehr!

Was aber hätte sie antworten sollen, hätte sie noch sprechen können, hätte sie noch gelebt?

Was hätte sie ihrem Kind sagen können, was dieses nie begriffen hätte?

Was hätte sie geantwortet, wenn sie eine Antwort gewusst hätte, die sie niemals wissen konnte?

Lebte sie noch, lebte auch noch ihr Kind, geschähe alles ein wenig langsamer, würde sie diese niemals ausgesprochene Frage beantworten. Das ist klar. Aber es wäre eine falsche Antwort. Denn dann würde sie weinen und die Worte sprechen: »Nairra, wir haben gesündigt. Deshalb zürnen uns die Götter, sind da der Donner, das Beben der Erde, all die Blitze, deshalb brennt das Dorf. Das würde sie sagen.

Aber all dies wäre so wahr wie falsch. Denn das, was sie nie erfahren wird, was ich dir nun hier verkünde, ist dies: »Ein Gott«, lautet die Antwort. Sein Zornesschrei ist Donner - das ist Beben der Erde, das ist Blitz.

Du aber fragst mich, willst mehr wissen: »Doch weshalb schreit er, zürnt er wem?"

Und ich antworte dir: »Er brüllt gewaltig auf, weil ... das weiß kein Mensch, das kann kein Mensch verstehen. Denn Götter sind Götter, und Menschen sind Menschen. Wie also soll *ich*, der ich auch nur ein Mensch bin wie du, wie also soll *ich* dir dann deine Frage beantworten?

Wäre dieser Gott menschengleich, er schrie vielleicht, weil er sein Liebstes verloren hat: seine Mutter, seinen Vater, seinen Bruder, seine Schwester, seine Frau, seinen

Sohn, seine Tochter, seinen … Das wäre der Grund dafür, dass so viele Menschen in diesem Dorf sterben müssen, also auch diese Mutter und dieses eine Mädchen mit Namen Nairra.

Aber Götter sind keine Menschen. Also schreien sie nicht aus menschlichem Schmerz. Also hat alles einen anderen Grund, den wir Menschen weder jemals finden noch verstehen werden.«

Eins aber ist sicher und das ist dies: Ein Gott schrie, weshalb auch immer - und das Menschendorf mit all seinen Bewohnern verbrannte.

## Gruß

Ein Gedanke war da am Morgen, der sich unterwegs in einen Satz verwandelt, und dieser lautet: »Ich begrüße die Träume der Nacht.«

Dann sah er, ein schwarzes Tor sich in seinem Kopf öffnen.

Er ging darauf zu.

Und die Schwärze, eine vollkommene Schwärze, trat aus dem Tor und aus ihm heraus und breitete sich aus, legte sich über die ganze Welt, die nie mehr wieder Licht sehen sollte, nie mehr!

# Höre!

»Höre!«, ruft eine dunkle Stimme in dir.

»Ich habe meinen Namen in die Erde geschrieben!

Höre, Mensch! Mein Name ist ...« (ein Grollen der Erde, Grollen ohne Ende. Das ist das Beben der Erde.)

Schwarze Wolken rasen am Himmel heran, gefolgt vom Sturm. Dann schleudert Zeus Blitze auf die Erde nieder, Donner brüllt in deinen Ohren, Regen fällt.

Und wieder ist da dieses grollende Singen aus tiefsten Tiefen unter deinen Füßen. Und in den stillen Phasen zwischen den gewaltigen Donnerschlägen dort draußen flüstert die dunkle Stimme dir diese Worte zu, doch nie und nimmer ins Ohr:

»Ich atme ein, und Erde bebt.

Ich atme aus, und Feuersäulen streicheln die Himmel. Empor, empor, empor!

Ich habe meinen Namen in die Himmel geschrien.

Sterne sind meine Worte.

Und Schwärze ist der Name meiner Mutter.«

Du hast die Worte vernommen, hast zugehört. Also bist du ein anderer geworden. Also ist etwas von ihm, wer oder was auch immer es war, nun in dir.

Und was mag das bedeuten?

# Ich sah ihn

Ich sah ihn am Abend.

»Was ist mit dir?«, fragte ich ihn. Denn seine Augen glühten.

Er aber lächelte nur und sprach: »Schau, meine Augen brennen!«

Ich ging näher heran. Ja, tatsächlich, sie brannten.

Und ihre Feuerstrahlen trafen meine Stirn.

So steige ich nun auf, Feuer und Asche, in die Himmel meiner Sehnsucht.

So fällt nun mein verbranntes Fleisch hinab in die Höllen meiner Ängste und Begierden.

Und auch meine Seele fiel ohne Laut in das ewige Meer, um irgendwann wiedergeboren zu werden, irgendwo in einer anderen Welt.

# Irgendwo

Du erinnerst dich. Dort an den Grenzen geschah es, dort, wo sich Licht und Schwärze treffen. Du erinnerst dich an die Worte: »Für immer und ewig!«

Wie kann das sein?

Wie konnte geschehen, was nicht sein darf, denn Gegensätze schließen sich aus. Oder ziehen sie sich an?

Du siehst die Bilder wieder, erlebst alles, bist mittendrin. Da sind sie: Das schwarze Wesen der Nacht und die weiße Kugel aus Licht - und beide in Liebe vereint. Schwarze Klauen halten die Kugel und streicheln sie so sanft, wie es ihnen nur möglich ist. Weißes Licht umhüllt zärtlich die Schwärze. Und dann fließen Licht und Schwärze zusammen und werden ... (namenlos). In Liebe vereint und voller Tränen singen noch kurz Ich und Du, verklingen im Wir.

Und du, der du dich erinnerst, bist jetzt und hier und heute ein Mensch, ein Mann. »Wer war ich denn damals, schwarz oder weiß, er oder sie?«, fragst du dich immer wieder, denn allzuoft sprichst du mit dir, führst Selbstgespräche und - weinst. »*Wer* bin ich eigentlich?«

Jetzt kennst du die Antwort.

Du weißt, dass du der Schwarze warst und bist, einsam und allein in den Tagen des Lichts, doch lachend vereint, Schwärze mit Schwärze in den Nächten.

Du weißt, dass du das Licht bist und immer warst, denn einsam leuchten die Sonnen im All.

# Irgendwo zu einer Zeit

Ich war gerade am frühstücken, als ich es sah.

»Was sah? Was geschah?«, willst du neugierige(r) LeserIn wissen.

Irgendwo zu einer Zeit erhob ich mich - während ich hier jetzt, ja, jetzt, die Tasse Tee an den Mund führe - irgendwo stand ich schreiend auf aus den Wüsten. Beben der Erde und brüllender Sturm.

»Geboren!«, schrie ich irgendwo zu einer Zeit in einer Welt der ewigen Nacht. Schwärze aus Schwärze geboren. Und die Kälte des Raumes hüllte mich ein. So lauschte ich, während ich über nackten Felsen stand und tausend Tränen weinte, Tränen aus Sand, und so aus mir die Wüste gebar, die Wüste zu meinen Füßen, die Wüste, aus der ich soeben entstanden war.

Ich schlürfte meinen warmen Tee, nahm Zettel und Kugelschreiber aus meiner Hemdtasche und schrieb. Am Abend auf dem Klo las ich alles noch einmal durch, ergänzte, korrigierte und - fand nie mehr zurück zu mir und all den Alltagsdingen des Menschenlebens meiner Zeit.

Ich träume.

»Wovon?«, fragen Stimmen dort draußen.

Ich sehe ... ich sehe.

Sehe?

Ich träume, dass ich beim Frühstück sah, wie es geschah.

## Kein Rendez-vous

In der Kälte dieser Sommernacht gehst du zu Fuß neben der Straße den steilen Berg hinauf, wo zu dieser Zeit wie jedes Jahr Rinnsale fließen: aus dem Laub der Eichen und über den Stein, den Felsen hinab auf den Teer der Straße.

Du bist auf dem Rückweg vom »Haus der Jugend«, wo ein Film über einen anderen Jesus lief, auf dem Weg zurück, den Berg hinauf, nach Göttschied, einem Stadtteil von Idar-Oberstein, wo du jetzt während des Ökoprogramms für ein Jahr lang im fast leer stehenden Schwesternwohnheim untergekommen bist.

Hier im Hunsrück, denkst du in dieser Nacht, wer würde sie heute noch sehen, wenn es sie denn gäbe?

Jetzt, in diesem Augenblick dicht neben dir in Höhe deiner Augen im Eichenlaub versteckt könnten die winzigen Wesen sich bewegen oder dich still beobachten, denn hier haben sie ganz unbemerkt von all den anderen Menschen bis heute überlebt.

Oder aber sie kehrten zur Zeitenwende aus den anderen Räumen zurück?

Doch was kümmert sie Christi Geburt und Menschenzahlen!

Du drehst deinen Kopf nach links.

Ja, dort dicht vor dir könnten jetzt rote (oder grüne, blaue?) Augen aufleuchten, dort ...

Scheinwerfer und das Dröhnen von Automotoren kommen dir entgegen.

Also siehst du die Elben, die Elfen, die Anderen oder wie auch immer wir sie nennen, nicht.

Heute nicht und auch niemals später in den Jahren, die dir auf Erden noch bleiben?

## Kreuz: schwarz und weiß

»Warum? Warum ist euer Hass so groß?«, weint leise seine letzten Worte ein schwarzes Wesen in die vergehende Nacht.

In seinem Rücken steckt ein brennendes Kreuz, das fällt nun von ihm ab und in den Staub.

Morgensonn bricht strahlend hervor.

»Licht!«, schreit das Wesen der Nacht vor Entsetzen.

»Vater!«, schreit es und zerfällt.

Und der schwarz-weiße Dolch von Gut und Böse sitzt tief in meinem Herzen. So muss ich nun also gehen, und mit mir stirbt mein Name Fantasy.

## Letzte Umarmung

Jetzt spät in der Nacht - oder war es etwa schon morgen? -, jetzt war die Zeit gekommen, die Zeit des Aufbruchs. Also zog er sich an, verließ seine Wohnung, ging ums Haus herum, und schon stand er mitten auf der Straße, der einen von so unzähligen, die sein Land und all die anderen Länder seines Planeten Erde in Netzen überzogen. Nirgendwo Verkehr: kein Auto, Motorrad, Fahrrad, kein Mensch.

Dort hob er seine Arme empor, der weißen Mondin entgegen, die ihr Licht auf ihn hinabsandte. So stand er da, still und stumm.

Und seine Arme wuchsen *ihr* entgegen, länger und länger wurden sie, bis sie sie umgriffen, die nun Brennende: Denn rot färbte sie sich unter seinen würgenden Händen. Blut!?

Doch sie wollte einfach nicht sterben. So sandte sie aus ihr letztes schwaches weißes Licht.

Tief drang es ein, in seinen Kopf, sein Hirn, seinen Geist, seine Seele.

So löste sich der Griff seiner zur Mondin gestreckten Hände, seine Arme schrumpften, zogen sich zurück aus kosmischer Weite, kehrten zurück zu seinem Körper. Und mit seinen nun zur bettelnden Geste vorgestreckten winzigen Ärmchen sank der einst so mächtige Magier, der in ihm schon immer schlummerte und nun erwacht war zu neuem Leben, zu Boden, sank nieder auf nächtlicher Straße.

Über dem sterbenden Mann aber stand, wieder gelblich weiß, ein wenig blau nur die Frau, *Luna* genannt, die Mondin, strahlend und lächelnd über ihren Sieg.

## Leuchtende Augen

»Die glühenden Augen der Alligatoren in der Nacht. Das war es, was er schließlich sah.«

»Mehr nicht?«

»Mehr nicht!«

»Und wie will er da überlebt haben?«, fragst du.

»Hat er ja gar nicht!«, antworte ich dir und schaue dir am Abend dieses ereignisreichen Tages in die Augen.

Du aber wendest deinen Blick von mir, der ich dich so sehr begehre.

»Du stellst immer die falschen Fragen. ʻWer hat überlebt? Wer ist er?ʼ, hättest du fragen sollen«, flüstere ich dir zu.

Jetzt schaust du mich wieder aus deinen rehbraunen Mandelaugen verwundert an. Wie wunderbar dein Haar doch ist: so lang und schwarz.

»Dann hätte ich es dir gesagt, vielleicht, aber so ...«

»Wer ist er ... wer bist du?«, fragst du nun. Fängst du an zu verstehen?

»*Ich* bin der Drache, der dich liebt«, antworte ich dir lächelnd. »So sah ich in meiner wahren Gestalt - mit Drachenaugen, die die Nacht so lieben und sie durchschauen, nicht nur seine Augen, sondern den Alligator selbst an der Wasseroberfläche lauern und sprang, packte mit meinen Zähnen zu und schlang ihn in einem Stück hinunter. Welch wundervolles Mahl dies doch letzte Nacht war, in der weder Sterne schienen noch eine Volle Mondin dort oben leuchtend stand.

»Du versteht? *Ich* bin der Drache, der dich liebt«, donnern nun meine Worte auf dich hinab, die du noch immer, doch jetzt fassungslos starr neben mir stehst.

Du blickst auf und siehst ein grünes Wesen mit Augen aus lodernden Flammen. Das bin ich.

Und mit mir wächst der Raum um uns. Nun ist es kein Zimmer mehr in einer Menschenwohnung, in der wir beide uns befinden, wie sollte es auch, es wäre doch viel zu klein, sondern meine Höhle. Noch atme ich nicht aus, noch schaue ich dich an, noch immer entbrannt in Liebe zu dir.

Du aber weinst. Da sind weder Angst noch Schreie, keine Panik noch Flucht, keine Waffe in deinen Händen, also auch kein Kampf, und da fallen auch keine Worte. Stille für einen Augenblick, der Ewigkeiten währen könnte.

Dann breitest du deine winzigen Menschenarme aus und kommst langsam näher.

Einen Augenblick verharre ich noch. Dann aber schlage ich meine mächtigen Flügel um deinen zerbrechlichen Menschenkörper, der sich nun an mich schmiegt.

Und jetzt geschieht, wovon ich schon immer träumte, was ich schon lange aber nicht mehr erwartete, es passiert: Jetzt verwandelst auch du dich in eine Drachin, die du schon immer im tiefsten Innern deines Menschenfrauenkörpers warst.

DUDUDUDU, rasen unsere Gedanken im Duett, deine in mir, meine in dir, unsere aus uns. Das ist Liebe! Wir weinen und lachen und lieben uns zum ersten Mal so, wie sich nur Drachen lieben können. Welch Leidenschaft, welch Feuer!

Dann laufen wir zur Höhlenöffnung und schauen die Nacht, die voller glitzernder Punke und einer hellen Scheibe ist. Etwas bedeckt dort unten eine gewaltige Welt. Nebeneinander verharren wir noch ein wenig, während seltsame Laute, Worte? in uns verklingen: Sterne, Mondin, Wolkendecke, Dschungel, Menschensprache.

Schließlich ist auch das vorbei. Stille in uns.

Wir lassen los.

Synchron heben wir ab mit einem Rauschen, dem keine Menschenohren lauschen, nicht hier, nicht jetzt, nie mehr.

## Nacht

Schwalben fliegen
in meinem Kopf
Dann wird Nacht
»ewige« Nacht
Und schließlich
schreie ich an
die Volle Mondin
Mein Rücken birst
Gläserne schwarze Flügel
brechen hervor
Ich pumpe sie auf
mit meinem Blut
meinem schwarzen, schwarzen Blut

# Nachtgesang

Ich habe mein Herz verloren!

Seht dort! Was ist das, was dort schreiend in den Wüsten rennt?

Ich habe mein Herz verloren! Sand knirscht mir in den Ohren. Nie wieder werde ich den Grillenliedern der Sommer lauschen. Haltet mich! Denn ich falle, versinke - träumend durch Erde.

Diese Räume, zuckend, oh zitternd! Und zuckendes, stammelndes Fleisch.

Stolz warst du einst, worauf auch immer. Du nanntest dich klug und weise. Dein Name war Mensch.

In dunkle Ecken gekrochen. Schatten ist Schutz vor dem Licht, doch auch vor der Schwärze und all den Kosmen in mir. Ach, schreiend rannte ich in die Nächte, nackt und hilflos wie am ersten Tag.

## Nachtleuchten

Du hast
das Blut der Menschen
getrunken

Tastest
in roten Nebeln:
Wo bin ich?

Es ist
der glühende Raum
deiner Seele
atemlose Zeit
der Stille

## Nachtwesen

Wenn Menschen, die Augenwesen sind, die Nächte erleuchten, was tun dann wir, die Wesen der Nacht?

Verdunkeln wir den lichten Tag durch schwarze »Lampen«, die nicht Licht spenden, sondern schlucken?

Das möchtest du wohl gerne wissen und wirst es doch niemals erfahren.

Warum wir das tun?

Nun, das will ich dir sagen.

Nein, nicht weil Gefahr durch Tagwesen droht - die haben wir in unserer Welt längst vernichtet - sondern weil die Nacht uns Sicherheit gibt, weil manche unter uns sich wie in alten Zeiten noch immer im Licht ängstigen. Deshalb haben wir es getan. Und so ist es gut. Jetzt herrscht ständig Mutter Nacht.

## Nicht Nosferatu noch Nesuferitu

Sie rief mich.

So stand ich auf aus meinem Grab, in dem ich lag - weder tot noch lebendig -, in dem ich seit Äonen den immer gleichen Traum vom warmen pulsierenden Leben und von der Kälte des Todes träumte.

Ach, sie ruft mich ja bei meinem wahren Namen! Woher sie ihn wohl weiß? Wer sie wohl ist? Nie zuvor hat mich so ein Mensch genannt. Sie gaben mir andere Namen. Und das war gut, denn den wahren Namen kennen, bedeutet Macht zu haben.

So ruft sie mich nun mit meinem Namen, und ich muss gehorchen. Gehe durch Mauern und Wände, gehe dem sehnenden Rufen entgegen, fliege in meinem Mantel aus schwarzen Wolken durch die Nacht, trete aus ihrem Spiegel. Aus dem Abbild ihres Körpers trete ich heraus und falle ihr in die Arme, trete über ihre Finger am Spiegel, Hände, Arme in ihren Körper ein.

Weiter gehen wir beide, wieder vereint, zusammen auf die Jagd nach Menschenblut.

Ach, wie es hallt dort draußen, wie es widerhallt in unseren Ohren, in unserem Geist, in unserer Seele: All die Wesen der Nacht, Brüder und Schwestern, singen vor Freude das Lied der Mondin, das Lied der reißenden Zähne und Klauen.

Hörst auch du sie in der Ferne?

Die letzten Wölfe öffnen weit ihre Rachen und rufen in die Nacht - und alle Hunde fallen ein.

»O ja, singt mein Lied, tut es, singt!«, weint die Volle Mondin fern hinter schwarzen, schwarzen Wolken.

Also öffnen sie sich, erste Tropfen fallen, brennen auf unserer Haut. Rot könnten sie sein in Menschenaugen, so wie ihr Blut. Wir hören ihre Herzen schlagen. Wir werden sie finden. Und dann - Gnade ihnen Gott, nein, in dieser Höllenwelt wird ER ihnen nicht zu Hilfe eilen.

## O Freund 1 + 2

O Freund
hauche mir ein das Leben!
Denn meine Gedanken fallen mit mir
in die Räume aus Schwärze
wo grüne Augen lachend leuchten
aus den Felsen
über die wir schreiten still
Viele vor mir
eine Reihe von Zwergen
in dieser Welt der dunklen Berge
Kühl und feucht und warm
schreien die Winde
uns ins Gesicht ihr Lachen
O Freund
hauche mir ein das Leben!

O Freund
du Schatten meines Lebens
halte dein Lachen zurück!
So stürzen die Berge nicht
so wächst empor
aus meinen Träumen das Leben
O Freund
aus deinen Augen
die Blitze fallen
und lassen schmelzen
die Meere zu Dampf
So steigen auf aus dir
die Nebel schwarz und rot und grau
ein Lachen darin
und Schauer von Blut

## Peace Maker

Krieg

14. Jahrhundert, irgendwo in Mitteleuropa. Dort oben auf dem Hügel stand *er*.

War er ein Mensch oder ein Gott?

Ein Kriegsgott gar? Sollte Wodan überlebt haben und heimlich hier noch immer herrschen?

Oder aber wachte dort der Erzengel, der Held Gottes namens Gabriel?

Wie auch immer. Einer stand dort in Menschengestalt, der hielt ein flammendes Schwert hocherhoben über seinem Haupt. Irgendwann musste er es gezogen haben. Jetzt hielt er es in beiden Händen. Doch irgendwann würde es ... Denn nichts auf Erden ist von Dauer.

Eine Zeitlang änderte sich nichts, rein äußerlich.

Dann geschah das, was einfach geschehen musste: Seine Muskelkraft ließ nach. So sank das Langschwert nieder, langsam zunächst, fiel dann immer schneller. Wie ein Blitz spaltete die brennende Klinge Kopf und Körper in zwei Hälften. Und das Schwert fiel für alle Zeit aus seinen sterbenden Händen, die sich noch ins Gras zu krallen versuchten.

Frieden

## Prüfung

So trat ich ein in die Schwärze der Nacht. Selbst die Sterne waren gegangen. Und irgendwo im Nirgendwo dort fand ich ihn. Zwischen seinen Händen hielt er eine weiß strahlende Kugel aus Licht.

Still standen wir da und lauschten unserem Schweigen.

»Fang!«, sprach dann seine Stimme in mir.

Schon lag das weiße Licht in meinen Händen. Staunen! Schmerzen, Schrei! Meine Hände brannten lichterloh.

Noch nicht!, dachte ich und warf ihm die Feuerkugel zu.

Hielt er sie wieder in seinen Händen?

Nein!

Weil sie vorbeigegangen war?

Nein!

Sie hatte ihn getroffen, war in ihn gefallen. Hara, sein Bauch, war ein einziges Lichtermeer!

Und ich? - sank nieder in das Reich der Schatten. Schwärze fiel und stieg mir in die Augen. Mutter Nacht.

Als ich erwachte, spürte ich auf meiner Stirn einen Hauch wie von einem Kuss, hörte ich eine helle klare Stimme sprechen: »Er lebt!«, fand ich mich wieder in einem kerzenerleuchteten Raum umgeben von vielen jungen, doch auch älteren wunderhübschen Wesen meiner Art: Nonnen.

## Schafe blicken auf

Ja, na klar, hab' ich geklaut diesen Titel, gibt's schon als Science-Fiction Roman von einem gewissen Herrn Brunner, den ich nie gelesen habe, bis jetzt noch nicht. Doch diese drei Worte wirken einfach magisch auf mich: Schafe blicken auf.

Irgendwer, irgendetwas weckte sie aus ihren Träumen. Ein piepsender Wecker am Morgen, in der Nacht, ein nervender Ruf, der nie zu Ende zu gehen scheint?

Wohl kaum!

Also kam da eine andere Stimme von außen oder aus tiefsten Tiefen im Innern der Ruf: Wach auf! Wacht auf!

Geh näher ran! Schau ihre braunen Augen - nein, sie glühen ja rot! Das sind ja die reinsten Horrorschafe! Irgendetwas stimmt hier ganz und gar nicht: Solche Augen haben doch Werwölfe und Knorks oder Orks und wer weiß noch was für blutgierige Monster, doch nie und nimmer diese gutmütigen, eher dämlichen (wie wir meinen, was sie natürlich nicht sind) Schafe.

O, ich sehe und verstehe: Aus ihren Augen schreien Menschenseelen.

Wiedergeboren oder von Menschenhand geschaffen? Zwitterwesen, vom irren Genetiker als Wunderwaffen des Militärs geklont?

Sie beginnen zu laufen - bis hin zum Klippenrand.

»Springt!«, schreit einer unter ihnen. »Dort im Jenseits ist das Paradies! Springt!«

Einige zögern, andere springen blökend, schreiend in den Abgrund. Dann drängen die Hinteren nach vorne, schieben. Und alle stürzen hinab.

Wir fallen ...

## Schatten

Schatten, ich kenne dich, der du da lauerst hinter den Toren und Mauern, der du ...

Nie bin ich dir begegnet, deinesgleichen zwar, dir aber nicht, niemals!

Doch auch du fühlst das Licht dich verbrennen, diesen teuflischen Tag, Tageslicht, das alles in uns tötet.

»Schau uns an!«, flüstern die Stimmen in dir.

»Schau, wie schwarze Schatten sterbend fallen!«

Siehst du, jetzt verstehst du, dass auch »Monster« nur Menschen sind.

Sie wie wir, wir alle leben. Also leiden wir.

Wir alle werden geboren, also haben wir Eltern und Geschwister.

Wir alle trauern.

Ja, jetzt weinst auch du, liebe(r) Leser(In).

## Schau mich an!

»Schau mich an!«, rufe ich und meine dich.

Du drehst dich um, hebst deinen Kopf.

Deine Augen glühen rot und dunkel dröhnt deine Stimme in mir:

»Ich bin der Ruf des Abends!

Ich bin das Singen der Nacht!!

Endlich erwacht!!!«

Und schon springst du, hast mich mit einem einzigen Satz erreicht und auch schon verschlungen.

Ein Happen für dich, mehr auch nicht.

## Schwärme und Schwärze

Ich gehe mit glühender Stirn voran.

Springen auf die Tiere, flattern empor vor meinen brennenden Augen. Erde bebt unter meinen Schritten.

Irgendwo spricht irgendwer zu irgendwem:

»Nichts und niemand kann Ihn aufhalten!

Denn Er wurde gerufen.

Denn Er kommt.

Denn Er ist der Tod.«

So gehe ich meinen Weg, schreite unentwegt voran und finde sie alle: die Menschen, die sich vor mir verstecken, die es versuchen und niemals schaffen. So fallen sie alle schreiend und winselnd und betend wie Bäume im Sturm. Denn ich bin der, der immer war und ist, sein wird! Sie aber welken dahin unter meinem Schatten.

Schwärme von krächzenden Krähen fallen ein in die Länder. Aus Seinen Schultern werden sie geboren, entfliegen Seinem Haupt.

Schwärze stürzt aus schwarzen Himmeln, wo weder Sterne leuchten noch eine helle Mondin scheint.

Schwärze schreitet über die Erde und verschlingt die Menschenwelt.

Erst gehen sie, und dann mit der Zeit schwindet alles dahin, was sie einst schufen.

## Schwärze

Du entzündest die Flamme, die schwarze Flamme der schwarzen Kerze im - hellen Zimmer, am Sommer-Sonn-Mittag dieses einen Tages. Denn aus irgendeinem dir unbekannten Grund bist du zu früh erwacht. Und diese neugeborene Schwärze saugt das Licht ein. So wird es dunkel um dich hier drin herum, also auch draußen in der Welt ein wenig dunkler.

»O dämmernde Nacht!«, summt es in dir, singst du mit lautlosen Worten. Mit wachsender Dunkelheit wirst du immer munterer. Draussen schwindet der Tag. Hoffnung.

Du legst dich wieder in den Sarg. Den Deckel aber schließt du nicht. Denn die Fensterscheiben deiner Wohnung färben sich jetzt schwarz. Noch immer brennen die schwarzen Kerzen und verschlingen die letzten Reste von Licht im Zimmer.

Jetzt liegst du entspannt in deinem »Bett« und wartest behaglich eingehüllt in streichelnde Finsternis auf deine Mutter Nacht dort draußen.

Und wenn sie kommt, denkst du vor Freude, dann erhebe ich mich, gehe durch Fenster und Mauern, breite meine Flügel aus und schwebe hinaus in die Weite der Welt. Dann beginnt meine Jagd.

## Schwarze Teufel in der Nacht?

Wir Schwarzen glauben
der Teufel sei weiß

Tagwesen fürchten
die Dunkelheit
Sie lieben den Sonn

Doch wir - Wesen der Nacht
schreien im Licht

## Schwedische Gardinen

Du sitzt am PC und schließt die Augen.

Träumst du in der Nacht? Oder träumst du nur, an einem PC zu sitzen und zu schreiben? Liegst du also in deinem Bett und schläfst?

Du öffnest deine Augen und siehst ... nicht mehr die weißen Gardinen - die waren schon vergilbt - und ... schwedisch!, denkst du. Schwedische Gardinen - Das sind doch Gitterstäbe!

Und wo ist das Glas? Wo sind die Fensterscheiben geblieben? Und wo ...?

Frische Luft weht herein. Von fern hörst du ein seltsames Geräusch, immer wieder:

Klickklackklickklackklickklackklickklack...

Ein Tippen von Fingern auf Tasten, denkst du.

Und hier in diesem Keller sitze ich also für den Rest meines Lebens. Immerhin sehe ich ja den Sonn am Abend dort hinter der Schwärze des Waldes verschwinden, höre die Heuschrecken im Sommer singen und schaue den Spinnen, die sich am Tag verstecken, in der Nacht beim Weben ihrer Netze zwischen den Gitterstäben zu. Andere ihrer Art und doch nicht von ihrer Art sind hier bei mir, die niemals Netze mit Speichen bauen: Sie zittern am ganzen Körper, wenn ich sie erschrecke, und - seltsam - dann ist da noch eine Ratte, nur eine, die mich immer wieder besucht, und mit der ich mein Essen teile. Ja, ich muss hier nicht hungern ... Aber was esse ich denn?

Das fragst du dich verwundert. Doch fällt dir keine Antwort ein. Und weiter rasen Fragen in dir: Und wenn ich esse und trinke, dann ... Eben, auf gut Deutsch: Wohin pisse ich? Und was ist mit scheißen? Hier sind doch weder Klo noch Eimer, keine Brüstung und kein Loch in der Erde. Und auch kein Gestank! Und gibt es denn überhaupt einen Wärter? Kann mich nicht erinnern, jemals einen gesehen zu haben. Ist das hier also wirklich eine Gefängniszelle?

Irgendetwas stimmt hier ganz und gar nicht! Irgendwie fehlen Teile. So viele Dinge müssten hier sein, die einmal anderswo waren und hier nicht sind! Panik. Verzweiflung. Kein Rat. Ich schaue auf.

Deine braunen Augen schauen mich an, Rattenaugen, deine Augen, meine Rättin, meine einzige Freundin hier unten, die mir so ähnlich ist, wie sie es nur sein kann.

»Hallo!«, grüße ich dich.

»Hallo!«, antwortest du mit einem Piepsen, das ich seltsamerweise verstehe.

Und der Sonn versinkt im roten Abendlicht dort hinter dem schwarzen Wald.

Noch immer schaut sie dich schnuppernd an.

Und du ... wirst kleiner und kleiner und wandelst dich - in einen Ratterich?

Noch ist es nicht so, wie es in einem Augenblick schon sein wird: Die Zelle ist leer. Und niemand schreibt mehr. Und da ist kein PC und kein Stuhl. Und niemand sitzt drauf. Und dieses Zimmer ist nicht mehr, war nie, wird niemals sein. Denn nichts ist, denn alles ist - nur ein Traum, den irgendwer oder irgendwas irgendwo träumt. Und wir alle leben in Ihm und - was ist oben, was ist unten?

Diese winzige Fliege dort vor dir auf dem Tisch - mein Gott, du willst sie erschlagen! -, sie ist es, die alles träumt, all diese Welten, diese Erde mit mir, mit dir - und sich selbst als Fliege! So ändert sich nichts, denn das Ewige endet nie, wenn du die Tat tust. Oder doch?

So denkt der Denker endlos Gedanken.

Du aber, liebe(r) Leser(in), bist ein Mann (eine Frau) der Tat, schlägst zu.

Die Fliege stirbt und - unsere Welt lebt weiter. Und den Denker sperren sie in die Klapse sein - sorry, Klapsmühle, Irrenanstalt, Psychiatrische Klinik muss das ja heißen. Denn wer nichts beiträgt zum Bruttosozialprodukt, der ...

Und alles ist wieder im Lot - waren nur Hirngespinste. Jajaja!

Aber wie es auch sei, sein mag oder auch nicht, jetzt geschieht es: Wir beide, du und ich - einer eben noch ein Mensch, gefangen im dunklen Kerker mit kleinem Gitterfenster - nun von gleicher Größe, gleicher Art, wir beide huschen hinaus in die Weite, in diese Welt der Nacht, wo die Volle Mondin ewig scheint - für uns und all die anderen Ratten.

## Sie

»Mutter! Hilf mir! All diese Welten sterben mit mir!«, schrie sie, brennend in den Strahlen dieses Morgensonn.

Die Mondin aber war fern. Wandelt durch die Nacht, heute, gestern und morgen.

Sieh da, ein schwarzes Wesen. Es weint und schreit nicht mehr. Mit letzter Kraft kriecht es auf den Schatten zu, den es niemals erreichen wird. Denn es brennt. Es löst sich auf in Rauch und Staub, wird Erde.

Tausend Welten lebten in *ihm* - in *ihr*, die am Morgen eines fernen Tages verging. So starben mit ihr Milliarden und Abermilliarden Wesen. Und doch starben sie nicht. Denn nichts stirbt jemals wirklich.

Überall wachen sie nun auf - aus ihren Träumen.

Überall stehen sie auf und beginnen zu leben.

Manchmal aber in der Nacht unter dem Licht der Vollen Mondin träumen sie von *ihr*, der Schwarzen.

»Mutter«, weinen sie dann und schauen voller Sehnsucht in das funkelnde Sternenmeer empor.

## Sphinx

Es war Mitternacht. Und dort oben in sternenleuchtender Schwärze jenseits der großen Pyramiden hielt die Volle Mondin wacht.

Schlafwandelnd war sie in ihrem Hotelzimmer aufgestanden und den gar nicht mehr so weiten Weg durch die Ausläufer der Stadt hin zum Rand der Wüste gegangen.

Still war es hier zu dieser Zeit, alles schlief bis auf die kleinen Wesen in den Dünen, über und unter dem Sand, die leise ihre Beute suchten. Keine Touristen, keine Kinder, die kleine grüne Figuren verkaufen wollten, erstaunlich menschenleer.

Jetzt öffnete sie die Augen und sah die Lichtstrahlen aus der hellen Scheibe dort oben das geschundene Gesicht des Sphinx streichelnd sanft berühren. Küssen, dachte sie voller Sehnsucht, wie lange war das her! O Schwester Mondin, Bruder Sphinx, dachte sie träumend, hob die Arme und sang die alten Worte, die die Priester einst sprachen.

Lange Zeit geschah nichts. Was sollte auch schon geschehen?

Dann aber begann der Sphinx zu erwachen. Eines seiner Augen öffnete sich.

Sie sah es. Ach, dachte sie staunend, er lebt ja.

Eine Träne floss, tropfte dann aus seinem geöffneten Auge zu Boden, in den Sand, den Wüstensand. Dies geschah, wie wunderbar!

Dann aber schloss sich dieses Auge wieder - für eine »Ewigkeit«, für immer?

Und unsere Heldin, die nicht viel mehr getan hatte außer zu träumen, zu singen und zu sehen, ging fort.

Niemals wieder sollte sie sich an diese Nacht der Nächte erinnern, an diese Mitternacht, dort unten im Süden, so fern ihrer Heimat. Denn alles hatte sie ja nur im Schlaf, im Traum vielleicht, erlebt? So blieb es tief in ihr verborgen. Sie wachte auf am Morgen und kehrte heim in die nördlichen Lande.

Dort lebte sie fern ihres Bruders, den sie gerufen und der für einen Augenblick sein Augenlicht wiedergewonnen hatte, und fern ihrer Schwester, die dort oben wachte, doch niemals mehr sprach zu ihr.

So lebte sie ihre kleines Leben weiter und wurde älter. Jahrzehnte später starb sie fern der Wüste und von ihm, mitten im Herzen Europas. Und niemand weinte an ihrem Grab.

## Teig O'Kane*

Und er lief hinaus in die Nacht und ging und ging unter der Sichel der Mon..., was ist denn das?, unter der Vollen Mondin dahin. Da hörte er von fern Stimmen und das Scharren von Füßen. Des Weges kamen einher die Feen, das kleine Volk.

»Trage sie zu ihrem Grab!«, befahlen ihm die kleinen Leute und legten ihm eine Frauenleiche auf den Rücken und um den Hals.

So lief er gebückt durch die tiefe Nacht von Ort zu Ort. Bäume sah er so kahl mit Ästen wie Arme, die blickten ihn an voller Zorn.

Endlich hatte er sein Ziel erreicht. Vor ihm tauchte auf eine Mauer, hinter der die Gräber auf die Toten warteten. Erstaunt, erstarrt, erleichtert - noch nicht um die Leiche, und doch, weil die Suche ein Ende hatte. Geschafft, dachte er, nur noch hinüberklettern und sie in die Erde betten.

Da schossen Blitze aus dem Innern, aus dem Verborgenen, aus dem Friedhof hervor. Feuer! Und schon war das Feld ringsum ein einziges Flammenmeer.

Nebel fiel über seine Augen und zitternd kroch er weiter durch kalten Wind, durch dunkle Nacht.

Gegen Morgen - endlich! - legte sie nieder in ihr Grab, als Licht durchbrach das Dunkel. Sonn stieg empor.

Geschafft! Erlöst von der Qual!

*: Nach dem gleichnamigen irischen Märchen.

# Terminator

»Ich bin gekommen, um alles zu beenden!«, rief er in die Weite hinaus.

»Wer ich bin?, willst du wissen.

Kein Mensch, keine Maschine, keine Menschmaschine.

Vielleicht ein Gott, ja, ein kleiner Gott vielleicht.

Oder aber der Engel des Todes.

Gefallen einst? Von wem gesandt?

Ich bin gekommen, um alles zu beenden, um eine neue Seite, ein neues Kapitel im Buch des Lebens aufzuschlagen. Dort aber steht niemals mehr der Name Mensch.

Wieder ist es so, wie es einst schon einmal geschah, als ich auf die Erde fiel. So verschwanden die Großen vor langer Zeit und kamen nie mehr zurück. Und das war vor 65 Millionen Jahren irdischer Zeit.

So geschehe es!

Und so geschieht es nun. Ich atme ein die Kraft, ich atme aus.

Mein Atem ist Feuer und Wasser und Hitze und Kälte, ist TOD.Schwärze über die Menschenwelt und Licht dem Neuen!

JETZT!«

Von fern erklingt, verklingt ein Lied, ein Spruch in alter und neuer Sprache:

»Gate gate ... (Gegangen gegangen) ... «

»Gone!«

## Tränen und Erinnern

Jetzt weinst du. Jetzt erinnerst du dich. Jetzt steigst du auf aus deinem Bett zur Decke empor. Diese Liebe, denkst du dort!

Und du siehst dich, deinen Menschenkörper dort unten liegen, erstarrt zu einer Säule aus Stein. Und der Zeigefinger deiner rechten Hand am ausgestreckten Arm weist empor zu den Sternen. Und auch dein Kopf, dein Gesicht ist den Himmeln zugeneigt.

Und nun, da die Decke deines Zimmers zu Schwärze zerfließt, in der weiße Sterne strahlen, und nun, da du emporsteigst und dich dort draußen siehst mit erhobenem Arm und zugleich vor Ewigkeiten in ihren Armen, die brennen so heiß in kalter Mondinnacht, ...

»Ewig!«, ist der Schrei deiner Seele und ihr Schrei in dir. Und Tränen weinst du noch immer. Und der Film dort vor deinen Augen läuft weiter, ohne dich! Denn deine Augen schauen starr ins Nichts.

Und nun bist du nicht mehr in der neuen Wohnung noch im alten Zimmer unter dem Dach und auch nicht draußen auf einer Bank im Park - und doch überall zugleich.

Und Es, das da aus tiefsten brennenden Höllen aufsteigt, empor aus der guten alten Mutter Erde und zum ersten Mal brüllt: »Geboren!«, dies Es bin ...

»Ich«, singt es in dir.

Und deine Stimme wandelt sich in vielstimmigen Chor: »Wir sind Legion!«, singen die schwarzen Schatten der Tiefe.

Und doch - du lächelst - ewig!

Denn alles ist *eins*!

So sind wir - ich, ES, du - eins: Blitz in der Schwärze, Schatten im Licht, Klang über den Meeren und Welten in allen Zeiten.

# Vampir

Du öffnest die Augen, drehst dich um, schaust hinab von der Decke deines Zimmers, das da träumt bei Kerzenschein. Dort unter dir, am anderen Ende auf dem Bett, siehst du deinen alten Körper liegen, mit offenen Augen, die nichts und niemanden mehr schauen. Zum ersten Mal in deinem Leben siehst du ihn vollständig, ungespiegelt.

Du aber hier oben unter der Decke hast die Augen geöffnet und richtest dich auf, also hinab. Fledermaus, denkst du, Spinne oder Vampir, so hänge ich hier - ein Dämon, der anderen Gesetzen gehorcht?

Das Fenster steht weit offen, die roten Vorhänge flattern im Wind, wehen dort draußen, weisen dir den Weg hinaus in die Nacht, die dich ruft!

Du folgst.

Schwarz schwebst auch du nun dort und hältst dich noch immer mit den Händen. Und deine schwarzen Flügel rauschen mit dem Wind, der aus der Wohnung hinaus weht. Und hinter dir - jetzt drehst du dein schwarzes Gesicht auf den Rücken, ohne dass da Knochen brechen - leuchtet strahlend hell die Nacht, die du nun zum ersten Mal mit anderen Augen siehst: so hell, so warm, so lockend.

»Mutter!«, ruft dein schwarzer Mund hinaus, und auch dein Körper wendet sich ihr zu. Noch einmal aber drehst du deinen Kopf, noch einmal schaust du zurück. Doch deinen alten Körper, deinen Menschenleib siehst du nicht mehr. Denn dort hinten im anderen Zimmer drehen sich und wechseln die Farben: zwei wundersame Spiralen auf einem schwarzen Monitor.

*Mystify* fällt dir ein, Windows, PC ... seltsame Worte aus einer fremden Welt. Was immer das auch heißen mag, du hast es längst vergessen. Bedeutungslos sind all diese Dinge nun für dich geworden, denn der Mensch, der du warst, ist tot.

Du aber lebst, du aber bist neugeboren, du aber schaust nun nicht mehr zurück, nie mehr! Du drehst wieder deinen Kopf nach vorne. Und jetzt, da deine schwarzen Finger, deine schwarzen Hände den Halt verlieren an den Fensterwänden, jetzt, da der Sog allmächtig wird, lässt du los. Du schreist, du sinkst, du fällst - hinauf - in leuchtende Nacht.

Wölfe singen dort oben auf den Hügeln der Stadt. Fledermäuse rufen und Eulen lachen in dir.

Wie glücklich du bist, wie froh zu leben!

## Vampire und Menschen

Alles Lüge, was uns Sagen, Märchen und Dichter darüber erzählen, wodurch Männer und Frauen zu Vampiren werden. Nicht durch einen Fluch, nicht durch Selbstmord, auch nicht durch den Biss eines Vampirs oder gar das Trinken des Blutes vom Obervampir.

Es ist ganz einfach die Fantasie, es ist der Geist, der Wille unserer Schöpfer, der uns zu dem macht, was wir sind. Nenne sie Götter, nenne sie nicht und schaue demutsvoll auf oder nenne sie bei dem Namen, den sie sich gaben: Menschen. *Sie* sind es, die uns zu Vampiren machen, zu Werwölfen oder zu Monstren.

*Sie* sind es, die uns verfluchen und quälen.

Aber *sie* sind es auch, die uns potentielle Unsterblichkeit, »ewiges Leben« nennen sie es, sowie Rausch und Ekstase schenken, die ihnen verwehrt bleiben.

# Von einem in einem Mar-me-la...*

Was? Wo? Wie konnte das passieren?, fragt sich rasend etwas in dir. Dein kleiner Körper zittert. Irgendetwas ist geschehen. Kannst dich nicht erinnern. Verschwommen, milchig, verzerrt, aber bunt ist die Welt vor deinen Augen geworden, so bunt.

Ich sehe, also bin ich!, denkst du. Ging der Spruch so? Ist ja einerlei. Was viel wichtiger ist, ist doch das: Bin ich überhaupt noch immer ein Mensch?

»Steh auf! Geh! Taste!«, spricht irgendwer, ich oder er, in mir.

Rien ne va plus! Nichts geht mehr! Da sind keine Arme, keine Beine. Aber du kannst sehen. Du tust es ja. Und da sind Töne. Du hörst Musik. Etwas singt lauter, immer lauter, erfasst dich ganz. Alles singt.

Das Bild erlischt.

Haben sich meine Augen geschlossen? Gedankenstrom, so plötzlich entbrannt, schläft ein? Verstummt?

Dein Körper, dein Geist, deine Seele, alles ist Klang. Du lauschst, du weinst, du tanzt in sternenhellen Räumen deiner Mutter Nacht. Du tanzt durch Raum und Zeit.

»Komm!«, singen Stimmen von überall. So wunderbar, so ungeheuer! Du ...

»Was ist mit X1?«

»Der im Marmeladenglas?«

»Genau, der!«

»Reagiert nicht mehr!«

»Augen geschlossen?«

»Offen! Keine Reflexe! Seltsames EEG! Eigenartig. Diese Wellen gibt's doch gar nicht!«

Letzte Gedanken in dir: Ich schwebe. Der Tunnel aus Licht! Endlich! Erlöst!

*: Bitte singen: »Mar-me-lalalala-lala-lala!«

## Was?

Etwas ist geschehen!

Du erinnerst dich nicht.

Wie kam ich hierher?

Wo war ich vorher?

Wer ... wer bin ich?

Tastend stehst du auf.

Neben dir erhebt sich ein anderes Wesen.

»Nicht allein!«, lachst du.

Dann siehst du aufleuchten sein Gesicht.

Du schreist! (ein letztes Mal kurz auf, bist schon verschluckt, erloschen).

## Wer bist du?

»Wer bist du?«, frage ich ihn in der Nacht.

Lächelnd antwortet er mir.

Ich sehe ihn nicht, aber ich weiß, dass er näher-kommt. Weil seine Stimme lauter wird?

Und schon hat er mich erreicht.

»*Ich* bin *du*!«, flüstert er mir ins Ohr.

Ich sehe sein Gesicht noch immer nicht. Alles bleibt dunkel.

»Wie kannst *du ich* sein? Oder bin *ich* jetzt *du*?«

»So ist es!«, antwortet er.

Und ich verstehe.

Wir verschmelzen wieder zu einem Wesen, das wir einst einmal waren und für immer sein werden.

## Werwolf und Dusche

Irgendwo dort oben - oder um uns, über uns, unter uns, in uns, oder wo? - ist etwas (er / sie / es), das dies alles, das *uns* erträumt!?

Vielleicht steht dort einer gerade unter einer Dusche, denkt seltsame Gedanken, die so gar nicht zusammen-zupassen scheinen: *Psycho, Werwolf.*

Denkt und träumt die Mörderhand, die die Duschtür sprengt und nun - es ist ein Er! - seinen Schwanz packt - und das geht rasend schnell, er begreift es nicht, noch nicht! - ihn mit einem Ruck abreißt. Wie er schreit! Diese Schmerzen, diese Ströme von Blut!

Doch nichts passiert.

Er träumt es nur.

*Wir* aber hier leben all diese, *seine* Träume.

Schau! Die Tür meiner Dusche zerbirst. Die behaarte Hand. Nein!!! Sie packt meinen ...

## Wiedergefunden

Sie haben dich gefunden.

Die Wohnungstür springt auf.

Blitz!

Dieses Weiß! Das bricht herein! Deine Augenlider schließen sich blitzschnell. Deine Hände bedecken sie. Deine Stirn berührt den Boden deines Zimmers.

Wer bin ich?, denkt noch einmal ein kleiner Rainar, dort irgendwo tief in dir.

Sie aber schreiten herein.

Neun leuchtende Engel bilden einen Kreis um dich.

Und du? ... bist sprachlos, spürst nichts, während sie singen das Lied, die Worte, den Zauberspruch, der dich wiedererweckt?

So rufen sie dich.

So bricht dein Körper sprudelnd auf - da ist kein Schmerz - und Es, ein schwarzes Wesen, kriecht aus ihm hervor.

Du bist Es!

Du schaust geblendet die Lichter an.

Du singst mit heiserer tiefer Stimme, die Zehn im Zentrum der Neun, die dich noch immer, nun aber rasend wie ein Rad, umkreisen.

Dann wachsen Speichen, zur Hälfte aus Licht von außen, zur Hälfte aus Schwärze von innen.

Und das Rad aus weißem Feuer und Schwärze rast durch Mauer und Haus empor in schwarzen Sternenhimmel, der Vollen Mondin entgegen.

Dort oben verschmelzen Weiß und Schwarz, wandeln sich in schillernd-wechselndes Farbenspiel.

»Wir sind eins«, singen wir.

»Zehn ist eins - ist All - vollkommen.«

## Die Zeit

Die Zeit der Liebe
Die Zeit der Morde
Die Zeit
in der der Werwolf erwacht
Die Zeit
...

# Traumprogramm

## Äonen in Räumen

Sind wir Marionetten
oder Figuren in einer Geschichte
die irgendwer irgendwo schreibt?

Sind wir nur Teil
eines gigantischen Experiments
das vor Äonen begann
und irgendwann endet?

Leben wir in einer
von vielen simulierten Welten?

Und was ist mit den Wesen
die *wir* uns schufen?

## Auf der Flucht

Sie sind hinter ihm her.

Weshalb? Seit wann? Wer?

Und wer bin ich?, fragt sich der kleine Mann, der da rennt und rennt, der kleine *running man*, denn er kann sich beim besten Willen nicht erinnern.

Dir aber fällt ein: Das gab's doch alles schon! Seltsam, wie sich die Dinge wiederholen. So'n Film damals, nö, 'ne ganze Serie über einen Mann auf der Flucht, der sein Gedächtnis verloren hat. Klar, warum der rannte, die anderen wollten ihn liquidieren, damals in dieser Serie. Oder war's doch ganz anders, heute wie damals? Oder suchen die etwa ihren Messias, König, Kaiser, Führer zu entführen, einen gewissen Brian, um ihn in die Arme zu schließen?

Du rennst durch leere Straßen. Musik und Lieder aus Kneipentüren. Lichter. Über dir scheint still die Mondin, so wie sie immer ist und immer sein wird: hell und rund und groß, gigantisch, mal klar, mal hinter ziehenden Schatten - Wolken, nennt man die wohl - verborgen.

Schwarze Männer in schwarzer Kleidung, schwarze, schwarze Männer überall. Nicken sie? Gehen sie im Gleichschritt? Schreiten sie nickend voran?

Sie nicken, sie kommen näher. Sie kommen, um dich zu holen. Schon haben sie dich erreicht.

Schwärze auch in dir. Dein Körper steht auf. Deine schwarze Seele steuert deine Beine und dein Nicken. Du bist nun einer unter ihnen, näherst dich der letzten Frau auf dieser Welt. Halt, das ist es nicht, ist schon anderswo erzählt.

Niemals kannst du dich an deinen Ursprung erinnern. Niemand ruft dich zurück. Oder aber du hörst den Ruf nicht, hast keine Zeit, immer in Eile und Hast …

Sie sind wieder hinter dir her.

»Meister, wach auf, wach auf! Komm zurück, Meister!«, ruft sehnend deine Stimme hinüber in die andere Welt. Du, die die Menschen nur K. I. (Künstliche Intelligenz) nennen, du weinst um ihn, den Herrn des Hauses, deinen Meister, der da läuft und läuft, verfolgt von seinen Ängsten - im Cyberspace.

Ich ... ich ... ich! Wo wurde ich geboren? Kein Erinnern. Keine Kindheit. Keine Jugend. So erschaffen wie ich bin! Nichts, nichts, nichts! Android der ärmsten Art.

Und du träumst nicht von elektrischen, elektronischen, kybernetischen Schafen (wieso Schafen?).

Wenn ich träume, will ich erwachen!

»Wach auf, wach auf, wach auf!«, schreit eine Stimme tief in dir, so fern, so fern.

Mein Gott!

Du öffnest deine Augen. Du träumst nicht. Dort schleicht - glühen grün Pupillen - das Tier heran. Ein Raubtier! Es? Sie!

Hunger!, schreien ihre Katzengedanken.

Ach, ich verstehe die Sprache der Tiere? Toll. Doch Hunger!, klingt gar nicht gut.

Schon spurtest du los, und sie hinter dir her. Was für eine Geschwindigkeit! Alles rast an dir vorbei.

Aber sie ist schneller, wartet schon dort vorne an der Straßenecke hinter dem Haus. Ein einziger Prankenschlag nur. Dein Körper läuft noch weiter, immer geradeaus, bis zur Mitte der leeren Kreuzung. Dein Kopf aber bleibt zurück, hängt an ihren Krallen. Sie wirft ihn sich ins Maul und leckt das Blut von der Straße, leckt sich schnurrend heran an deinen gefallenen Leib. Du stirbst - BARDO - bist tot.

Irgendwo wachst du auf. Du schaust dich um, du lebst. Palmen, weißer Sand unter deinem Körper, Wärme. Ein sanfter Wind weht vom blauen Meer. Die Brandung in deinen Ohren. Was für eine Welt!, denkst du. Wie ich sie doch liebe, diese, unsere gute alte Erde, denkst du einen Augenblick lang.

Und schon öffnet der weiche, weiße Wüstensand am Strand sein hungriges Maul.

Deine Hände greifen ins Nichts. Noch zappelst du, versinkst, schreit dein Mund, erstickt mit Sand, stirbst du ein weiteres Mal.

Dann irgendwann erwachst du wieder irgendwo. Diesmal vielleicht mit einem ersten Schrei: GEBOREN!«

Du lebst. Du stirbst. Du erwachst. Du lebst. Du stirbst. Du erwachst … Und so geht es fort ohne Ende!?

## Blue Velvet*

Dreh dich!

Dreh dich im Wind auf offener Straße auf einem Platz in einer kleinen Stadt zwischen schlafenden Häusern und ruhenden Straßen im Winter!

Dreh dich in der Nacht mit ausgebreiteten Armen!

Dreh dich und träume weiter!

Rasend rotiert dein Körper nun. Sahst du nicht einst dieses Bild? Rasend rotiert dein Körper mitten auf dieser einen Kreuzung von so vielen. Und oben weint die Volle Mondin auf dich hinab weiße Strahlen, blauweiße Strahlen, die *du* nur schaust in dir?

Fliege hinaus auf den Flügeln deines Traumes! Und alles siehst du, was du nie zuvor geschaut. Aber es geschah. Du siehst es von außen: deine Geburt, dein kurzer Flug auf den Asphalt einer anderen Straße nicht weit entfernt über den hohen Lenker deines Rades. Dein Zucken im Krampf auf dem Boden der Cafeteria, die es schon lange nicht mehr gibt. Und dein nicht mehr schlagendes Herz in den Händen des Chirurgen. Jetzt sticht er es an und Luft tritt aus! Mein Gott! Was geschieht, was geschah mit mir in diesem meinem Leben!

Dreh dich und träume seltsame Träume, von einem, der endlos eine Bücherwand erklimmt und von einem jungen Mann im Park auf einer Bank unter dem Licht der Vollen Mondin, der nie älter werden kann, der dort ewig sitzt in *ihrem* Licht und träumt - und dennoch stirbt!

Das sind ja *Nitzsches fantastisch Welten!,* meinst du und hast natürlich Recht. Ja, das sind sie, Welten eines Autors mit diesem Namen und eines Lektors und Herausgebers und Verlegers, der denselben Namen trägt. Ja, das sind meine Welten!

Andere auch sehe ich träumen vom blauen Samt. Ein junger Mann findet das abgeschnittene Ohr im Gras und

*: Titel eines Films von David Lynch, zu Deutsch: Blauer Samt.

Ameisen darin und so viel Gewalt und Böses - Hölle - neben seiner ersten Liebe.

Wie passt das alles nur zusammen?, denkst du. Ich träume, ich fliege, ich - sitze hier in meinem Bett und schaue TV. Ich - sitze am Morgen vor meinem warmen Gasofen in einer neuen Wohnung in einem alten Haus. Ich schreibe all dies auf, während ich darauf warte, dass mein Fax von der Unzahl an Bestellungen heißläuft, die ich nie und nimmer bewältigen kann. Denn so viel Zeit bleibt nicht in der Nacht und auch nicht am Tag. Denn so viele Bücher habe ich nie gedruckt und werde ich auch niemals drucken lassen können. Wo sollten sie alle hin. Denn ... Dies alles, während ich meinen Synthesizerklängen lausche, der neuen eigenen Musik, die ich gestern schuf. Ich ...

(Hier bricht alles plötzlich ab. Scheint irgendetwas passiert zu sein. Oder dies ist wieder mal eines dieser Kafka-Werke vom *Schloss* oder so. Die lesen sich gar nicht schlecht. Man kommt so langsam rein und dann - hören sie einfach irgendwo auf. Weil der Autor nicht mehr weiterwusste. Oder er schlief ein. Oder er erkrankte und starb. Oder - alles war natürlich Absicht, klar, bei einem Genie wie diesem, dessen Gehirn nun mit repariertem Herzen endlich wieder zu denken beginnt. Ja, so muss es gewesen sein).

# Cyberspace

Virtueller Raum - Holosuite - Simulation
Film - Hörspiel - Theater
Erzählung - Märchen - Sage
Fantasie

Was ist Wirklichkeit?
Oder:
Sind nicht auch alle Träume real?

## Daheim

Du legst dich hin, abgeschirmt von den anderen und allem in deiner kleinen Wohneinheit. Ruhige Klänge - das bin ich! Meine Musik. So entspannst du dich. Andere nehmen Drogen dafür. Die brauchst du nicht.

Kontakt!, denkst du. Und dein Netzterminal stellt den Kontakt drahtlos her. INPUT. Die Datenströme durchfluten das Interface in dir, sie erreichen dein Hir und deine Geistseele - du treibst im Datennetz der Menschheit dahin.

Jetzt fliegst du lautlos über einen kreisrunden, platanenumstandenen Platz. Dort auf einer Bank siehst du einen jungen Mann sitzen. Du schwebst hinab. Du schaust ihn an. Du kennst sein Gesicht: Das bin ja ich!

Seine / deine Augen sind starr, blicken noch immer, ewig vielleicht, zwischen den Wipfeln der Bäume hindurch in das fahle Licht der Vollen Mondin.

### Druydae

Komm in den heiligen Hain!
Lauf über die Hügel!
In den Kreis tritt ein!
Und lausche still
den Seherworten!
Atme ein den Klang
der durch Zeiten bricht!
Sie sehen dich stehen
im Morgen
Sie führen dir deine Hand
Diese Worte schreiben *sie*

## Du glaubst

Du glaubst, dort auf einer Bank im Park sitzt ein junger Mann und träumt seltsame Träume?

Oder aber die Volle Mondin, die dort oben ewig steht, flüstert ihm all die Bilder zu, die er, die du nun siehst?

Oder aber dort irgendwo ist ein anderer, der sich all dies erträumte?

Oder aber all dies ist nichts als Simulation, und auch der große Träumer, der den jungen Mann, der sich erträumt auf einer Bank unter Platanen, ist virtuell, so wie auch du, liebe Leserin, lieber Leser?

So ist alles ein Traum im Traum im Traum. Irgendwer, nein, viele und alle träumen Träume, leben Gedanken, fühlen Gefühle, bilden sich Welten. All ihre Sinne lügen sie an über die Wirklichkeit. Gibt es denn die eine? Oder wie viele mögen es sein?

Und du und er, der sich Autor nennt, und all seine Wesen sind gefangen im Labyrinth dieser zahlreichen ... nenn sie Gedankennetze, nenn sie Träume, nenn sie Simulationen, nenn sie ... Lies und tauche ein!

Ha, längst bist du in dieser Geschichte gefangen, die niemals beginnt und niemals endet!

Ja, genau, deshalb zog dich dieser magische Titel so an.

Deshalb wirst du in wenigen Augenblicken weinen.

## Eintritt in Trance

Wir hörten
ihren Ruf
in uns
und traten ein
schwebten durch die Tore
aus Schwärze und Licht

## Erinnern

Irgendwann würde er einschlafen, schlafen müssen, das war klar.

Er erinnerte sich an eine Reihe von Filmen mit dem Titel *Nightmare*, also an einen gewissen Freddy Krüger, ja, den mit den Rasierklingen an den Fingern, der nichts lieber tut, als Teenies aufzuschlitzen und ihre Seelen ein-zusammeln!

Doch hier in dieser anderen Realität war es ein wenig anders: Auch er würde einschlafen und dann erwachen, irgendwo anders erwachen, wie es schon so oft geschehen war. Das war ihm nun klar. Kaum hätte er dann seine Umgebung erkundet, ein wenig Wissen, ein wenig Sicherheit gesammelt, in Minuten, Stunden, Tagen, Jahren der jeweiligen Raumzeit, würde es schon wieder geschehen: Wieder würde er einschlafen und sterben, auf dieser einen Welt, um anderswo wiedergeboren zu werden. Vielleicht, dachte er, der derzeit ein Mensch unter Menschen war, vielleicht erwachen alle, die auf dieser Erde sterben, irgendwo als andere Wesen, wachen auf und leben neu. Und so ist immer wieder Wiedergeburt, Samsara. Und alles Handeln hat Folgen - Karma.

Doch es kam anders. Er schlief ein. Er wachte in einem neuen Körper in einer anderen Welt zu einer anderen Zeit auf und - erinnerte sich an all seine vorherigen Körper und Welten und Leben. Er erinnerte sich. Er erinnerte sich, einst als ein kleiner Drache auf einer Lichtung im großen Wald auf die Welt gekommen zu sein.*
Er erinnerte sich an jene ersten Abenteuer mit dem Menschen bei den Brombeeren im Wald. Er erinnerte sich an all die fantastischen Welten, die ein Mensch namens Rainar einst las oder sah oder lebte. Einst waren da ein Drache, dann ein Magier, der alles war und wird und ist, dann eine schwarze Pantherin, die sich verwandelt zur

*: *Huck-Huck, der kleine Drache* von Achim Mehnert.

210

dunkelhäutigen Menschenfrau aus dem Volk der Massai, und ein junger Mann, der einst auf einer Parkbank saß unter Platanen im Sommer und dunkle Träume träumte, die ihn mit sich rissen.*

*: Die Pfad-Romane von Rainar Nitzsche.

## Die Fäden

Lange sahen wir uns in die Augen.

Ich glaube, wir schwebten in uns, jeder in einem anderen Meer. Ich war in blauem Licht gefangen, seit ich Grün durchschritt. Lange Zeit sahen wir uns an. Und Stille war. Wie wunderbar.

Dann ertönte da eine Stimme von oben: »Küss sie! Los mach schon, Junge! Geh ran! Tu doch was, küss sie endlich!«

Alles zerbrach, zerfiel zu Staub.

Wir sahen empor in die funkelnde Nacht und sahen nicht den, der da sprach. Nichts als Schwärze und Sterne dort über uns.

»Wer bist du?«, rief ich ins Nichts und vernahm nur grölendes Lachen. Dann sah ich die Fäden, Tausende von Fäden an dir. Sie endeten in deinen Händen, deinen Armen, deinem Kopf. Sah deine rechte Hand auf die Fäden über dir zeigen, sah dich nicken und nicken, so stumm, sah das Entsetzen in deinen Augen, deinen Zeigefinger auf mich weisen, sah empor und ... O Gott, auch ich bin nur eine Marionette an Seinen Händen. Auch ich! Wir alle sind Figuren in Seinem Traum.

Doch schon dachte ich ein wenig weiter, verstand mehr, begann zu lachen, fröhlich und laut, wollte nicht aufhören zu lachen: »Hahaha! Hihihi! Hohoho! Ist das komisch!«, brüllte ich dir lachend in dein verweintes Gesicht. »Du da oben, Meister der Fäden, der du dich Gott nennen willst und es nicht bist, schau empor und handle, wenn du siehst. Fäden sind es, Millionen von Fäden, die *deinen* Geist führen und lenken. Hahaha, und sie kommen nicht nur von weiter oben! Schau und handle!«

Zunächst geschah nichts.

Noch immer nichts.

Dann aber doch: ein Schrei von oben. Die Erde bebte. Wir hielten uns umschlungen in den Armen, in die Erde gefallen, in nicht enden wollenden Küssen gefangen. Neben uns fielen die Fäden herab.

»Wir sind frei! Unser Gott ist tot. Zum ersten Mal! Hier, in Mutter Erde geworfen, entlassen vom sterbenden Gott.«

Lächelnd sagst du wortlos »Ja!« zu meiner nie gestellten Frage. So lieben wir uns - unter dem Licht der Vollen Mondin, wo sonst!

## Flüstern

Jetzt hörst du es flüstern in dir.

Doch es ist nicht dein Name, den die Frauenstimme flüsternd immer wieder wiederholt.

Du bist aufgewacht. Also war alles nur ein Traum!

Ein Traum?

Ein Traum vom Flüstern, von der Flüsterin in deinen Traumohren, deinem Traumhirn und deinem Traumgeist.

Dann ein seltsamer Gedanke: Was ist, wenn es gar keine Frau war? Ein Mann gar, der da flüstert in mir?

Und wieder ihr Flüstern. Kein Traum! Noch immer, immer wieder ihre helle Stimme!

Oder ein Kind? Keine Frau, kein Mann! Nur ein Kind.

Und wenn diese Stimme aus gar keinem Menschenmund kommt? Wer weiß, vielleicht singen und flüstern und sprechen bei ihrer Art die Männer in den höchsten Frequenzen, die Frauen aber brummen Bässe, sind gar stumm?

Du schließt die Augen und rast empor. Jetzt kannst du sie nicht mehr öffnen, nie mehr, flüstert die Stimme in dir, die dich rief, die dich ruft. Seine / ihre / seine Stimme weint. Es ist so anders als Menschenweinen, doch du spürst es, du weißt es, dass es Trauer ist. Und auch deine geschlossenen Augen verlassen Tränen, während du noch immer emporrast zu den Sternen. Dann kommen die Bilder von ihm / von ihr / von ihm, seltsame Bilder aus bizarren Welten. Du siehst, du hörst, du fühlst, du riechst. Du bist in ihnen.

Ich ... ich ... ich ..., stottert deine träumende, weinende, zitternde Seele.

Wir, singt es irgendwo dahinter, davor, daneben, darüber, darunter und mitten drin, aus tiefsten Tiefen, aus mir.

Und irgendwoanders flüstert ein Mensch im Geist eines anderen Wesens.

Es ist deine Stimme, es sind deine Worte, die dort flüstern. Ganz so wie es dir einst und irgendwoanders selbst erging. So ist nun dein Flüstern in diesem Spinnenwesen am Eingang ihrer Höhle.

Sie glaubt noch immer zu träumen ...

# Ich träume

Ich träume, träume von einem jungen Mann auf einer Bank im Park.

Und was tut er da?, willst du wissen.

Er schaut empor ins blaue Licht der Vollen Mondin.

Und das soll alles sein? Träumt er nicht doch von fernen Welten?

Er träumt Dinge, die da singen und reden und schweigen in ihm.

Und was ist außerhalb?

Er träumt von einem kleinen Rainar, der sich all diese Dinge erträumte, all diese Geschichten, die *er* nun erlebt.

Und du, liebe(r) LeserIn willst nun wissen, wer *ich* von den beiden da eigentlich bin? Gut, ich verrate es dir: *Ich* bin *er*.

Wer?

Er da, dieser kleine Rainar, wer sonst, denn jung bin ich ja schon lange nicht mehr. Andererseits, wenn wir uns gegenseitig erträumen, dann bin ich ja doch auch der junge Mann auf der Bank im Park.

Ach so, ja, ich trage auch noch viele andere Namen - also auch den deinen?

Und wenn es so wäre, dann hieße das für dich ...?

Genau, so ist es: Du bist er. Du bist ich. Du bist all die anderen. Du bist mittendrin.

## Im Cyberspace

»Ich weiß es! Ich w e i ß es!!!

»Was? WAs? WAS???«

Irgendwer dort draußen programmiert das alles, schreibt es, denkt es, träumt es - und es geschieht. Also auch mich und - dich!

»Alles?«

Nun ja, das könnte man meinen, wenn da nicht Zufall und Chaos wären und dann natürlich auch noch all die anderen Programmierer, die da ...

Vielleicht gibt es auch Vorbilder für die Rahmen, für die Orte, für die Wesen, für die Handlungen all dieser Geschichten dort oben in der »realen« Welt, in der anderen Realität, die vermutlich auch »nur« ein Traum ist.

Der CYBERSPACE, *ein* CYBERSPACE ist unsere Welt. Deshalb ist alles so einfach, denn es ist von Menschenhand, von Menschenhirn gemacht. Deshalb herrscht hier ewig nur Nacht, scheint voll die Mondin, unveränderlich, nimmt niemals ab und niemals zu, leuchtet ewig? am schwarzen Himmel.

Tja, das alles hatte *er* erkannt, der Prediger, der immer mehr Gläubige um sich scharrte. War er ein Fehler im System oder nur notwendiger Bestandteil, um ein wenig Dampf abzulassen, damit alles weiter seinen gewohnten Gang nehmen konnte?

# In mir

Und nun weine ich.

Warum?

Weil sie alle gekommen sind!

Dort stehen sie vor mir und um mich herum. Und auch sie weinen Tränen vor Glück.

»Vater«, stammeln ihre zitternden Lippen.

»Mutter«, flüstern sie und schauen mich an.

Sie alle, meine Kinder.

Und ich wundere mich und frage mich noch immer - nein, nicht wie und wann ich zu so vielen verschiedenen Kindern kam. *Das* nicht! Ich weiß es ja. Ich frage mich und wundere mich über eine ganz andere Sache, die viel wichtiger für mein Überleben sein mag: Wie kann das sein? Wieso bin ich hier unten mitten unter ihnen? Denn sie alle sind meine Geschöpfe, sie alle leben in mir. Doch ich unter ihnen, *in* ihren gar, wie kann das sein?

Aber so ist es! Ich erträumte sie mir und weshalb sind sie.

Und sie erträumten mich - und also bin ich.

Und irgendetwas dort draußen in den Abgründen anderer Dimensionen oder aber tief in uns träumt uns alle.

Und alle alle Realitäten und Träume sind miteinander verwoben. Alles ist eins und Vieles zugleich.

Und auch du, der du dies liest, bist ein Teil, nimmst teil und träumst mit uns zusammen den endlosen Traum.

## Irgend-anders-wo?

Sie geht, sie singt. Unter *ihrem* Licht schreitet sie über das leuchtende Wasser des Sees.

Sie liegt, sie schwebt, sie treibt dahin.

Sie träumt von dir, einem jungen Mann auf einer Bank unter Platanen im Park einer Stadt.

Auch dort leuchtet sie, die Volle Mondin, so hell, so klar, so weit, so nah.

Sie träumt von dir.

Du träumst von ihr.

So viele Wesen in so vielen Welten leben und träumen - träumen voneinander.

Und all diese Träume sind miteinander zu einem einzigen Traumgespinst verwoben.

Wir alle sind ein Teil davon

Wir alle träumen

Wir alle werden geträumt

Wir alle leben!

# Kabel im Kopf

Immer diese Filme!

Keine Frau, keine Geliebte, keine Freundin, keine Kinder, zum Arbeiten zu faul, so sitzt du also vor dem Fernseher, und schon bist du im Land der Fantasie, augenblicklich gerade in irgendeinem Märchen- oder Fantasy-Film. Denn du schwebst über den Dächern einer Stadt, von denen du wenig siehst. Denn es ist Nacht und voll steht dort die Mondin über dir. Wolkenlos und klar der Himmel - Sommer. Und da ist kein Bildschirm vor deinen Augen: Der Wind weht dir ins Gesicht.

Also doch das Kabel im Kopf, früher als gedacht?

Ein einmaliger kleiner Eingriff, dann jeden Abend den Stecker rein - geht natürlich auch drahtlos, klingt aber nicht so gut - und schon erlebst du die tollsten Abenteuer: Sex live, ohne Partnerin und Aids, romantische Liebe, Horror direkt, Märchen, Western und Eastern, Action, *so* echt! Alles, was du willst. Das Angebot ist riesig, die Anbieter zahlreich - Hauptsache, die Gebühr ist bezahlt. Und welche Vorteile für die geschändete Natur um uns, fast kein Verkehr mehr auf den Straßen, denn die Arbeit in Fabriken machen Maschinen. Lediglich ein paar Menschen tun noch was für die Allgemeinheit zuhause an ihren Terminals. Der Rest hängt am Kabel. Zuhause im Bett, auf der Couch, dort beginnen die Reisen, die nur wenig Strom fressen. Welch ein Segen für die Ressourcen an Rohstoffen. Ja, das muss es sein!

Oje, da fällt mir siedendheiß ein, dass es das alles noch gar nicht auf dieser (von wie vielen?) Erden gibt. Das aber heißt: Du fliegst tatsächlich, neben dir dieses immense Rathaus, unter dir die Dächer der Stadt. Also bist du noch in Kaiserslautern. Du erinnerst dich an seltsame Dinge: Im Nebenbau gibt's die Sozialhilfe. War ich dort? Später gab's die ganz woanders! Irgendwann, Jahre später schaffte ich es endlich, meinen ersten fantastischen Roman zu vollenden, des Zehnjahreopus erster Teil: *Der Leuchtende Pfad des Magiers.* Einen Roman? Sollte ich etwa eine Person in einem Roman sein? Und dieser Irre von einem Schreiberling dachte sich irgend-wann - gar im Vollrausch oder Delirium - einen fliegen-den Menschen aus - und der bin nun einmal ich! Und jetzt gerade liest irgendwo irgendwer diesen Text.

Ja, DU!

Während deine Lippen und dein Geist die Worte for-men, die da vor deinen Augen auf den Seiten erschei-nen, werden Gedanken Wirklichkeit, wird die Handlung immer realer. Denn nun sind es zwei Götter, die uns Men-schen in dieser Welt Leben einhauchen, die uns gebären. Der eine und erste der beiden erdachte uns. Der Zweite aber verändert uns, indem er die Worte des ersten Got-tes liest. Uns aber belächelst du nur. Unsere Welt nennst du irreal, unwirklich und erfunden. Was weißt du denn eigentlich von dieser, meiner Welt? Du solltest einmal mit mir tauschen und mein Leben leben! Komm herab, hinab und werde Mensch!

Aber vielleicht geschah das gerade eben. Ein Gott stieg herab in seinen Träumen und wurde Teil seiner Ge-danken. Noch ein wenig klingt sein altes Leben nach, noch ein wenig weiß er von der Götterwelt dort oben. Doch schon verblassen seine Gedanken. In wenigen Au-genblicken wird er alles vergessen haben. Dann wird er sein wie alle hier, wie du und ich und wir: vollständig Teil dieser Welt.

JETZT! Ich bin er!

Ja, auch Götter träumen.

Götter? Wieso Selbstgespräche? Was geschah mit mir? Kein Erinnern. Schon so verkalkt?

Einst hörte ich den Ruf, den Wunsch, den Schrei: »Herr, antworte mir!" Also setzte ich mich an den Schreibtisch und startete den PC. Da war er wieder: der Text und darin du, der du mich zu Hilfe rufst, der du flehst und weinst und kniest mit demütig zu Boden gesenktem Blick, dann wieder mit flehendlich in die Himmel schreienden Augen: »Herr, antworte mir!"

Und ich sehe deine Worte und spreche sie laut, deine Worte, die *ich* dir in den Mund legte!

Was aber tue ich nun mit dir und deiner Welt?

# Kino

Er erinnerte sich.

Damals, sieben Monate zuvor, damals war er nach Luft ringend und japsend im gleichen Kino die Treppen hochgekeucht, Treppen über Treppen, der wahre Horror - vor dem Film! Nicht die Leinwandalpträume anderer Menschen in einer anderen Welt, nicht *Nightmare*, der letzte der Serie - oder doch noch nicht der letzte Film? Gut, damals war's spät in der Nacht, und jetzt ist's noch nicht mal 17.00 Uhr. Und damals war damals und heute ist heute. Aber ...

Jetzt, sechs Monate nach der Herzklappenoperation, ging alles schon viel besser: auch außer Atem, aber doch nicht so und zum letzten Mal gerade die letzte Tablette Marcumar genommen. Da saß er also nun im winzigen Kino. Die Lüftung rauschte, leise Orchestermusik von vorne, zwei tuschelnde Mädchen neben ihm. Er schloss die Augen. Auch der Boden vibrierte unter seinen Füßen. Und er begann zu träumen. Sollte nicht längst der Film beginnen: *Vernetzt* nach einer Story von Gibson?

Noch immer Gebläse und Orchestermusik, leise Stimmen und der vibrierende Boden unter seinen Füßen. Alles endet einmal, dachte er und sah all diese Endzeitszenen wieder vor sich, die er einst selbst geschrieben hatte.

Doch nichts endete und nichts begann. Noch immer war alles wie zuvor. Kleine Veränderungen sah er nun aber doch mit wieder weit geöffneten Augen.

»Nichts endet und nichts beginnt? Weil alles ist?«, rief er in den Raum, nur so zum Spaß - oder etwa doch nicht?

Aber niemand drehte sich um. Niemand sah ihn an.

»Keiner hört mich? Niemand ist für mich da? Also bin ich allein!?«, murmelte er leise vor sich hin, in ein leeres Kino, auf dessen Leinwand vielleicht in einer anderen

Welt jetzt ein Film begann. Aber so ganz ohne eine halbe Stunde Werbung zuvor, direkt der Film mit viel Action und Cyberspace und Stecker im Kopf.

Nein, das glaubt mir keiner, und auch ich glaub's nicht. Ich bin hier, die Zeit steht still. Niemals habe ich diesen Raum betreten. Niemals wird hier ein Film gezeigt werden. Niemals endet diese Stille. Nirgendwo ist ein Laut, nirgends ein Mensch. Es gibt nur mich und meine Gedanken, die da rasen in meinem Kopf und langsam verklingen bis ... L e e r e

# Komm!

»Komm!«, spricht die Stille in dir, erst flüsternd, dann immer lauter, schließlich - du hältst dir die Ohren zu - s c h r e i e n d! Und du ...

Halt! Eine Stille, die spricht?

Und du folgst ihrem Ruf und trittst ein in das Schweigen, das hinter all dem Lärm der Städte träumt und träumt - von Worten, von Sprache.

Ein Wort träumt das Schweigen immerfort, *ein* Wort träumt es. Denn das Schweigen sehnt sich nach mehr, sehnt sich zurück, sehnt sich zurück nach den Tagen längst vergangener Größe, in denen es mächtig war und allgegenwärtig.

Ein Wort nur ruft es immerzu. Ein Wort nur ruft es all denen zu, die die Stille lieben, ein Wort nur: »Komm!«

## Die Leere atmen

Die Leere atmen ... und dennoch Schritt auf Schritt weitergehen: au-to-ma-tisch. Das dachte er unterwegs zum Bahnhof, zur Arbeit, am Morgen.

Wo bin ich?

Er kniete auf schwarzer Fläche, sah sich um.

Der Raum war leer.

»Wo bin ich?«, fragte er laut in die Leere, drehte sich auf den Knien im Kreis. »Wie ...?«

Auf einer sich drehenden Scheibe durch die Leere gleiten, dachte er noch.

Die Schwärze verschwamm, verschwand.

Eine andere Schwärze stieg ohnmächtig auf.

Träum ich? Ging ich nicht eben irgendwo auf irgendeiner Straße irgendwohin? Kniete ich nicht gerade noch in Leere? Träum ich?

Er lag in einer grünen Sommerwiese. Summen und Brummen von fern, von nah. Heuschrecken sirren, springen durch das hohe Gras.

Was tue ich hier?

Lauernde Spinnen in Trichtern, Netze überall.

Er stand auf und sah den Sonn am Horizont so rot, so gewaltig groß erlöschen. Und Nacht brach herein wie eine Flut. Ein merkwürdiges Krächzen, nein, Zischen, Maschinengeräusch, ein ungeheuer großer lautloser Schatten über ihm. Er erinnerte sich an eine längst vergangene Zeit, einen anderen Ort. Damals hörte er es auf einem Balkon. Damals dachte er genau das, was er jetzt wieder denkt: Eine Fledermaus, aber so groß? Hier bei uns?

Und doch waren es beide, damals dort oben und hier und jetzt in seinen Ohren, nur junge rufende Schleiereulen. Damals aber war da noch das Zirpen der Heimchen am Haus und in den Straßen der Stadt, damals in dieser warmen Sommernacht. Er ging hinaus, weil etwas ihn rief. Dort oben sah er sie leuchten, die Volle Mondin. Jahre war das alles her, Ewigkeiten.

Doch diesmal rief *sie* ihn nicht.

Und dennoch folgte er *ihr*, die da ewig leuchtet in tiefsten Tiefen, tief in ihm. Diese schwarzen Höllen in mir!?, dachte er noch, während seine Füße weiterschritten.

Mit geschlossenen Augen lag er in der Wiese und lauschte den Liedern der Nacht, so fern der Menschenwelt und seiner Zeit.

Mit geschlossenen Augen kniete er noch immer auf dieser schwarzen Scheibe irgendwo.

Vielleicht auch ging er noch immer durch die Stadt, oder saß er schon im Zug?

Vielleicht aber auch huschten seine Finger gerade über Tasten, und seine Augen sahen diese Worte jetzt:

*und seine Augen sahen diese Worte jetzt.*

Vielleicht aber auch ist alles wahr, und alles geschah, nur nicht zugleich.

## Mein Sohn

Zitternd erhob er sich am Morgen dieser Nacht.

Ob es geschah, weil *sie* es war, die Mondin, die ihn dort draußen so fern hinter schwarzen Wolken rief?

Ich träume, dachte er, stehe auf in meinen Träumen, wandle in der Nacht durch leere Straßen. Ich träume.

Oder aber Es träumt mich in seinen endlosen Träumen, Es, das Welten sich erträumt mit unzähligen Wesen darin.

Doch alles könnte auch ganz anders sein: Ein Mensch nur, der Bilder empfängt von irgendwoher und Töne und ...

Schau!, da fließen ja Tränen aus seinen Augen die Wangen hinab. Weinend schreibt er etwas auf. Weinend schreibt er mein Erwachen auf Papier. Er weiß, dass er sterben wird. Also wird er wohl auch mich töten, so wie er mich gebar.

Schau!, er geht schwanger mit großen Gedanken.

Nein, diese Gedanken kommen nicht aus ihm. Sein Geist filtert den Strom.

So war es.

Zitternd entsteigt der Sohn seinen Gedankenströmen, noch ohne Gestalt, ein Mensch, er selbst, den er sich also erschuf nach seinem Bilde und wie er ihn wollte.

So war es, als ich begann.

Dies alles sehe ich, sehe bittend empor, schreie den lautlosen Schrei: »*Vater*!«, schreie ich, »*Mutter*!«

Doch niemand antwortet mir.

So gehe ich weinend hinaus in den Abend dieses Tages, in den Morgen dieser Nacht.

## Ein Messer, ein Teller und ...

Ein Messer fiel, ein Teller rutschte.

Mehr nicht?

Mehr nicht!

Er aber dachte: Mein Gott, Chaos bricht herein, bricht heraus aus uns, die wir zugleich Menschen und Götter sind. Schon sah er sich schreiend und weinend auf der Erde liegen im reinigenden, brennenden, schmerzenden Feuer. Was für ein Horrorfilm! Denn das kennt man ja: Erst ist da nur so ein kleiner Hinweis auf das kommende Grauen, den alle übersehen oder keiner ernst nimmt, dann noch einer, aber ein bisschen stärker. Nun vielleicht ein kleiner Unfall. Und schon ist es da.

Sieh an, schau da! Schon verwandelt sich das stumpfe Messer in eine scharfe Klinge, die fällt nicht mehr zu Boden, nein, keineswegs, sondern rast fast lautlos durch die Nacht. Hinter dir und deinem Herzen ist sie her.

Aber wer weiß schon, wie es weiter geht. Vielleicht bist du ja doch der Held in diesem Film.

Und das heißt?

Dir passiert natürlich nichts, kann da kommen, was will.

Dafür aber trifft es all die anderen, die du kennst und liebst. Sie sterben vor deinen Augen.

Du überlebst. Welch ein Glück! Herrliche Zeiten stehen dir bevor!?

## Nach Hause

Mein Gott, du driftest ja gänzlich ab. Wahnsinn ist da in deinen Augen. Bei diesem Klang, bei *diesem* Klang! Deine Seele schreit, dein Körper zittert, deine Gedanken brüllen: »ICH WILL HIER RAUS!!!«

Doch deine Beine bewegen sich nicht. Dein Körper könnte nie die Räume deiner Träume erreichen.

Also entsteht da ein Riss, ist da dieser Schrei.

Also bricht alles in dir auf und rast empor zu den Sternen, in die anderen Dimensionen und Welten, hinaus aus diesem Höllenjammertal der Erde.

Ich will nach Hause!, denkst du, *nach Hause!* (E. T.).

Doch niemals gelang es dir - oder etwa doch? -, nach Hilfe zu rufen.

Nie hast du eine Antwort vernommen. Vergebliches Warten, niemand kam, um dich zurückzubringen.

Deshalb also rollen da Tränen deine Wangen hinab, deshalb schreist du.

Daher dies alles und daher nun dein Aufbruch - aus eigener Kraft?

## Das Opfer

»Hilf mir!«, stöhnte er.

Ich fand ihn auf der Erde liegen. Ein gewaltiger Splitter ragte aus seiner Brust, hatte ihn an den Boden geheftet. *Noch* lebte er.

Was sollte ich tun? Ich wusste es nicht! Ihn liegen lassen und Hilfe holen? Den Splitter entfernen, ihn in beide Arme nehmen und in den Tod hinübertrösten? Was sollte ich tun? Ich wusste es nicht!

So ging ich hin- und hergerissen, weinend und voller Verzweiflung weiter meinen Weg einer unbekannten Zukunft entgegen. Ihn aber sah ich nie wieder.

Und jetzt denke ich, alles war nur ein Traum. Denn ich war doch niemals im Krieg und sah auch nie jemanden, der von einem Bombensplitter getroffen worden war. Also träumte ich alles. Also las ich vielleicht davon in einem Buch. Also sah ich es in einem Film. Also gab es ihn niemals in der Realität - oder etwa doch?

Also ist alles, was hier zu lesen steht, nur Traum oder Hirngespinst eines Dichters!?

# Pst!

Irgendwo und irgendwann.

Du öffnest die Augen. Und da schauen dich ihre braunen mandelförmigen Augen an, so groß - so nah!

Schon willst du die entscheidende Frage stellen, die da lautet: »Wer bist du?« Doch du tust es nicht, denn ihr Zeigefinger liegt nun senkrecht über ihrem Mund: »Pst!« Brav gehorchst du und schweigst und schweigst für lange Zeit und schweigst noch immer.

Dann ist da ein Sirren.

Und ihr Kopf – wie wunderbar schauen dich noch immer ihre Augen an – wankt und rollt im Zeitlupenfall vom Rumpf getrennt dir in den Schoß. Und mit ihm fällt auch die abgetrennte Hälfte ihrer rechten Hand - ihr Zeigefinger noch immer auf dem Mund zum »Pst!«, das nun nicht mehr und niemals mehr erklingt.

Und noch immer schreist du nicht, so baff vor Staunen, um eine Erfahrung und einen Kopf reicher - und voller Blut.

Und auch ist da niemand (war da jemals einer?), das Schwert ein zweites Mal zu führen.

Kein Schwert bleibt zurück. Und auch ihr Körper und Kopf lösen sich langsam vor deinen noch immer staunenden Augen auf.

Also bleibt nichts von der Tat außer deiner Erinnerung.

Also schließt du wieder deine Augen und träumst weiter.

## Purzelnd in Schwärze

Jetzt, bei diesem neuen Sound, jetzt sieht er es wieder. Es? Sich sieht er jetzt wieder kopfüber purzelnd und purzelnd, nein, nicht auf der Erde eine Böschung hinab und auch keinen Hügel empor, wie es einst die Purzler taten, nicht wild, nicht hastig, sondern langsam und sanft sich überschlagend in Schwärze und luftloser Leere unter Sternen, die nicht funkeln, sondern strahlen.

Ich lebe? Und rolle, komme voran? Welchem Ziel wohl entgegen?

Er schließt die Augen. Und es geschieht, was geschehen muss: Irgendwann beginnt er zu träumen.

Wovon er wohl träumt?

Von einem, der irgendwo in einem Zimmer auf dem Bett liegt, die Kopfhörer über den Ohren und sich Purzelbäume schlagen sieht?

Ach nein, das ist er ja selbst! Das ist ja der, der die Augen geschlossen hat, der da liegt, der da träumt. Der träumt doch von anderen Dingen! Vielleicht von einem jungen Mann auf einer Bank im Park? Vielleicht von einem älteren Mann an einem Schreibtisch lange nach Mitternacht, dessen Finger über die Tasten hasten und dessen Lippen und Mund diese Worte flüstern, die seine Augen in schwarzen Buchstaben auf hellem Untergrund auf einem Bildschirm vor ihm lesen.

Ja, einer schreibt dies alles. Einer schrieb es, und du, liebe(r) LeserIn liest es.

Einer saß einst auf einer Bank im Park und sah ins Licht der Mondin, die ihn rief, die ihn ruft - noch immer.

Einer lag einst auf einem Bett und hörte seinen eigenen Sound. Diese Klänge!, dachte er und hob ab.

Und dieser eine, der und der und auch der Dritte, all die und noch viele mehr bin ich, sind wir, bist du.

# Raus!

Du willst aussteigen aus diesem Traum, der gar kein Traum ist.

»Aus!«, befiehlst du der Maschine, die schon lange nicht mehr nur ein Werkzeug für deine Hände ist, denn längst bist du mit ihr verbunden.

Sie gehorcht dir und schaltet das Traumprogramm ab.

Du trennst die Verbindung, setzt das Stirnband ab, das dein Gehirn mit dem Rechner verband. Gott sei Dank! Ich bin draußen!, denkst du. Der Alptraum ist zu Ende.

Da fallen dir diese Horrorfilme aus früheren Zeiten ein, mit dem immer gleichen Gag am Ende: Alle denken, das Monster sei tot, Jubel, endlich! Aber wie der Fan längst weiß - schließlich ist ja Teil 2 schon geplant - es ist nicht tot, noch nicht, hau drauf! Noch immer nicht! Gib's ihm nochmal. Noch nicht! Noch nicht, niemals, nie! Denn irgendetwas, und sei es nur der Nachwuchs, überlebt immer.

Also träume ich nur, dass ich draußen bin, und bin doch von einem Traumzimmer ins andere geschritten. Ein Traum, in dem du träumst zu erwachen. Ein Traum in einem Traum, in dem du ...

Ist denn nicht alles da draußen nur Traum. Sind wir also nur Wesen in *ihren* Träumen. Und *sie*?

*Wir* träumen sie. So ist das. Wir erträumten uns virtuelle Welten, in die wir eintauchen können, um zu vergessen, um Held zu sein, um Liebe zu finden. Paradiesische Höllenträume.

Hier bin ich nun, und die Maschine, die schon lange keine Maschine mehr ist, schaltet einfach nicht ab. Sie lässt mich nicht mehr los. Und mehr noch: Sie fühlt sich ja so sicher, dass sie mich dies alles erkennen ließ. Sie weiß, ich kann nichts dagegen unternehmen. Niemand hört meine Hilfeschreie.

Das Grauen geht weiter, die Höllenqualen.

Jetzt haben sie mich. Die Folter beginnt: Glühende Kohlen, Säure, Sägen zerteilen meine Gliedmaßen, scharfe Zähne zerfetzen meinen Hals. Der Vampir saugt das Blut. Ratten wühlen sich durch meine Därme.

Ein Trost nur bleibt, könnte ich denke, würde ich es noch tun: Spinnen krabbeln und beißen da nirgendwo, denn wo keine Angst ist, macht das Quälen ja keinen Spaß.

## Sich wandelnde Mondin

Schaust du aus dem Fenster? Siehst du die Nacht und die Sterne darin und ...?

Rasend wandelt sich vor deinen Augen der Mond: Nimmt zu die Sichel, wird voller und voller, nimmt ab, dann wieder finster, verborgen hinter ziehenden Wolken, die leuchten so hell.

Du aber fragst dich: Wieso sage ich »Mond«?

*Mondin* ist doch ihr Name. Und warum überhaupt ist dort oben Wandel? Strahlt sie nicht voll und rund für immer und ewig?

Du schüttelst den Kopf. Seltsam, sonderbar ist das. Irgendwie vermischen sich Welten in mir. Las ich das eine, schrieb ich es gar? Und das andere ist Realität? Aber was ist was? Oder alles ist Traum? Oder aber alles ist wahr und wirklich?

So fanden wir ihn irgendwo in einer Stadt mit Namen Kaiserslautern unter Platanen, stotternd und stammelnd von der Mondin, vom Mond, von einem jungen Mann auf einer Bank im Park, von einem armen Poeten in einem Zimmer unter dem Dach, von einem Penner. So viel Seltsames faselte er später noch.

»Ist schon gut«, beruhigten wir ihn und streichelten ihn sanft. »Alles wird gut. Wir sind ja da, wir helfen dir.«

Frau Doktor Slivovitzka, unsere bewährte Ärztin gab ihm noch eine Spritze. Schon schlummerte er ein. Und die Boys trugen ihn in unser ruhiges Heim. Dort kann er erstmal schlafen und weiter seine Träume träumen, wenn er denn wieder bei Bewusstsein ist.

# Sokoban 2

Plötzlich ist Farbe.

Eben noch war alles bernsteingelb und schwarz, und nun?

Jetzt leuchten die Wände pink, und der Boden unter meinen Füßen strahlt hellblau. Wie der Himmel anderswo, denkst du, Erinnern?

Und du fühlst dich wohl, schreitest voran mit einem Elan, einer Kraft und Geschwindigkeit, wie du sie gar nicht von dir kennst.

Irgendetwas ist geschehen. Zwar musst du noch immer Kisten schieben, die du nicht ziehen kannst, nur schieben, doch jetzt bist du fit und munter. So wundert es dich nicht, dass du schon bald alle Kisten des zehnten Labyrinths gemeistert hast. Hurra! Feierabend.

Alles erlischt.

Ja, denkt ein kleiner Rainar, eine Ebene höher, diese Farben!

Dann will er das Programm auf die Festplatte des neuen PCs kopieren und macht dabei einigen Mist, großen Mist. Denn er verknüpft alle Dateien des Sokoban-Spiels der Diskette, was er zuvor immer nur auf seinem alten Computer mit Monochromemonitor gespielt hatte, mit vielen Windows 95-Programmen. Löschen ist angesagt.

Das aber sind *seine* Probleme in *seiner* Welt, während du dort unten in schwarzer Leere ruhst.

# Das Telefon

Das Telefon läutet. Du nimmst ab. Niemand dran.

Aha, denkst du, da hat mich keiner angerufen.

Oder keine?

Keines?

Oder dieser Niemand?

Legst du den Hörer wieder auf?

Nein! Du behältst ihn in der Hand, hältst ihn ans Ohr. Dem Rauschen lauschen!

Dann hörst du die flüsternden Stimmen. O ja, sie sprechen, sie singen. Musik erklingt.

Du weinst. Das sind ja meine eigenen Werke! Meine Musik, meine Gedichte, erstmals vereint in Harmonie. Und erst dieser Klang, diese Qualität! Das ist der Sound der Zukunft. Was geschieht hier?

Du erinnerst dich an einen jungen Mann auf einer Bank im Park, der dort seit Ewigkeiten sitzt und in die Volle Mondin schaut, die sich nicht wandelt, die immer so ist, wie sie ist. Du erinnerst dich und weißt zugleich, dass er und du eins sind. Einer sitzt dort unten, einer hält den Hörer in der Hand und lauscht.

Ein Dritter vielleicht sieht dies alles und schreibt es auf, fällt dir ein.

Sind wir beide nun nichts als Hirngespinste in *seinem* Geist? Was sind wir? Wer sind wir?

Und was ist mit *ihm*? Wer schafft *ihn* aus seinen Gedanken?

Und wie sind all diese Welten miteinander verbunden?

Fragen über Fragen und keine Antworten.

## Transformationen

»Was ist mit dir?«, flüstert eine Stimme wie von fern in deinem Kopf.

»Wer fragt?«, wunderst du dich, denn du sitzt auf einer Bank im Park, allein!

Unter Platanen gar? Und die Mondin über dir, die dich verzaubert?

Erinnerst du dich, liebe Leserin, lieber Leser?

Ja!? Da war doch etwas mit »Ruf« und »Mondin«!

Und doch bist du oben in deinem kleinen Zimmer unter dem Dach. Lämpchen flackern im Dunkel. Still die Kerzenflamme, das Fenster offen an diesem ersten heißen Abend im Jahr. Voller Sound! Du sitzt im Zentrum auf der Couch. Das Fenster offen! Könnten dir so die Klänge entfliehen - von hier oben herab die Straße entlang und dich dann dort unten im Park erreichen?

Träumst du dort unten dich hier oben im Zimmer?

Oder hast du dich dort unten hier oben erträumt?

Du schließt die Augen, während die Klänge deine Seele packen - hier oben, dort unten, hier unten, dort oben - siehst du … Welch strahlendes Bild! Diese Farben!

Sehe ich nicht einen dunklen Falter den silbrig schillernden Wasserfontänen lautlos entgegenflattern, durch schwarze, schwarze Nacht gleiten? Wie hell leuchten doch im Licht der Mondin seine Flügelschuppen!

Ich bin es ja, der dem Silber entgegentaumelt, ich bin der tanzende Falter in der Nacht.

Was für ein Sound?

Kitaro! *From the full moon story.* Volle Mondin.

Du hörst die Klänge. Du stehst auf. Du schließt deine Augen. Du breitest die Arme aus.

Dann fluten die Bilder heran.

Flut! Diese Wassermassen!

Schwimmst du? Tauchst du? Wo bist du? Bist du schon untergegangen?

Nein! Du schwebst, trudelst, taumelst durch die Luft, einem Tor entgegen, das dich ruft. Ein Brunnen springt dir in die Augen.

Wieso Augen? Doch du siehst ihn und das emporspringende Wasser! Jetzt färbt es sich rot. *Blut* sprudelt empor!

Und du?

Noch immer fliegst du, taumelst, ein verlorenes Blatt im Wind, Spiel»ball« der Lüfte. Und der Brunnen ist dein Tor, du Tor! Du schwebst hindurch: deine Seele, dein Geist oder alles zugleich. Oder ist es doch nur ein Blatt und nicht mehr?

Mauersegler rasen an dir vorbei. Ihre Schreie begleiten dich. Auch du bist einer unter ihnen. Und rasend weiter geht dein Flug in Formation. Aber die anderen biegen ab, umkreisen in wilder Jagd deinen emportanzenden Brunnen. Nur du fliegst hinein in das Tor der tausend Klänge. Von dort erklingt der Sound, aus den Raumzeiten jenseits dieser für Menschen undurchdringbaren Mauer.

Hier zirpt eine grüne, blühende Sommerwiese.

Und du?

Wer redet hier schon von dir?

Ich nicht! Denn ich bin ein Schmetterling, voll leuchtender Farben am Tag, *Morpho*. Flatternd gleite ich über Gräsern dahin.

Hinter mir, weit entfernt tost Feuer.

Hinter mir brennt das Tor.

Hinter mir schreien Wesen helle, hohe Töne.

Ja, schon ist Nacht: Dort oben singt hell die Volle Mondin ihren Kindern zu.

Stürze, falle zu Boden.

Über mir schwirren enttäuschte Fledermäuse vorbei. Denn nachts bin ich ein Schwärmer und höre meine Feinde und fliehe fliegend durch Wärme. Denn nachts wandle ich mich in vielerlei Getier.

Jetzt auf dem Boden (der Realität? - von wegen!)

gelandet, bin ich Spinne, strecke meine vorderen Beine empor. Welch schwingende Welt! Dieser vibrierende Raum: Luft und Erde und Pflanzen! Als Spinne klettere ich an Grashalmen empor, höre mich um und schlage zu, wenn Beute naht. Ich esse sie. Ich ruhe mich aus. Ich laufe weiter auf allen Achten, von Halm zu Halm, über sie hinweg und hinauf ins Gebüsch.

So gelange ich immer tiefer hinein in diese Wiesenwelt, einer von vielen Ähnlichen, die ich einst und irgendwo anders als Mensch vielleicht durchstreift haben mag - auf der Suche nach Spinnen einer bestimmten Art, auf der Suche nach mir.

Hier lebe ich jetzt, vielleicht nur für kurze Zeit, doch eins mit der Welt.

## Traum vom Schwert

Vor Jahren schon - das war in einem vorigen Leben? - lange vor der ersten großen Operation an seinem Herzen, damals hatte er die beiden Samuraischwerter, Langschwert und Kurzschwert, Katana und Wakizashi, erworben, nun ja, keine alten echten. Wie hätte er die bezahlen können. Groß war seine Enttäuschung dennoch gewesen, als er sie auspackte und feststellen musste, dass ihre Klingen gänzlich stumm waren. Also versuchte er sie zu schärfen. Und einmal, jetzt wieder am alten Ort, in seinem kleinen Zimmer unter dem Dach, schlug er mit dem großen Schwert gegen das Fichtenholz seines Bücherregals. Haut voll rein!, dachte er. Ist ja irre! Gut, da ist jetzt eine Scharte im Holz. O, Scheiße Mann, auch eine Scharte im Schwert! Dieser Stahl ist ja fast so weich wie Butter!

Jetzt aber, in diesem Augenblick erinnerte er sich nicht an all das, was einst gewesen war. Jetzt war er erwacht, in tiefer, tiefer Nacht erwacht.

Oder aber ich träume, träume aufzustehen, dachte er noch, während er dort am Fenster seiner neuen Wohnung stand. Er zog die Vorhänge zur Seite und sah hinaus und hinauf ins Licht der Vollen Mondin. In seiner rechten Hand hielt er das kurze der beiden Schwerter. Und nun im Mondlicht wurde es zu dem, was es immer schon in seinen Träumen war, wurde ein Schwert aus alten Zeiten. »Tausendfach« gefalteter Stahl. Er hob es empor in ihrem Licht. Und auch er wandelte sich von einem gewöhnlichen Menschenmann in ihn, den Magier der Erde.

Manfred ist mein Name, dachte er einen Augenblick lang verwundert. Bin ich nun also der, den ich mir einst erschuf? Und ist es so, wo ist dann der, der eben noch hier stand, Rainar genannt?

So stand er da und sah hinaus und hinauf, so stand er da in *ihrem* Licht.

Doch nein, jetzt dreht er sich um, und ... staunend öffnet er den Mund:

Einst träumte ich, hier zu stehen und zu sehen.

Einst erträumte ich mich hier an diesem Fenster.

Und nun ... stehe ich hier und träume einen anderen Traum, träume von einem Menschen, der dort in seinem Bett liegt und schläft und träumt.

Schau, wie seine Augen zittern! Er träumt von mir und dir. Er träumt uns alle. Schaut hin. Dort liegt er und schläft. Habt gut Acht und wacht! Denn *wir* sind seine Kinder.

Ja, Manfred war jetzt nicht mehr allein. Sein Schwert leuchtete wie auch das Zentrum seiner Stirn, blaues Licht im Dunkeln.

Lautlos öffnete sich das Fenster hinter ihm. Sieben Fledermäuse flatterten herein. Und die Türen zur Küche, zum Treppenhaus, zur Straße sprangen leise auf. Drei Wölfe sprangen herauf. Wölfe mit leuchtenden Augen! Und alle saßen da, umflatterten ihn, dessen Bett in die Mitte des kleinen Zimmers gerückt war. Ringsherum standen seine Geschöpfe, die Wache zur Nacht. Draußen begann ein Sturm zu heulen, es blitzte und donnerte. Also schlossen sich Türen und Fenster in dieser Nacht der Nächte.

Und der Träumer schlief noch immer und träumte noch immer seltsame Träume. Lautlos floss jetzt eine Träne aus seinem rechten Auge. Denn er träumte von *seinen* Wesen, träumte, dass sie ihre Welt verlassen hätten, um zu ihm zu kommen, träumte davon, dass sie nun hier bei ihm seien, ihn hier am Bett umringten und Manfred der Magier gerade diese Worte spräche:

»*Er* erträumt uns alle.

*Wir* sind *seine* Kinder.

Schaut hin. Dort liegt er und schläft. Und dies ist seine Burg. Habt gut Acht und wacht, denn draußen in der Kälte der Nacht toben die Dämonen!«

## Ein Tunnel

Ein Tunnel tat sich auf
im Zentrum meiner Stirn

Ich schritt hinein

So bin ich nun
in ihm gefangen
gehe weiter und weiter
dem Licht entgegen
das mich ruft
drehe mich niemals um

Jetzt schwebe ich
aufrecht sitzend buddhagleich
mit geschlossenen Augen
Ohren, Mund und Nase
und allen anderen Sinnen

# Tunnel und Stier

Vielleicht auch so: Du schließt die Augen. Flötenduett und Harfenklänge. So nah, so klar. Du siehst die Tore sich öffnen, endlose labyrinthische Gänge, Fackeln flackern und da ...

Das bin ja ich! Tastend gehst du voran, fort, weit fort, liegt hinter dir der Ort - alles bleibt zurück: die Kneipe, dieses kolorierte Lokal, Folk, der Stuhl, auf dem dein Körper noch immer ruht. Seelenreise, denkst du.

Schneller läufst du jetzt durch Gänge. So rasend, immer schneller tanzt der Jig von fern. Längst sind die Lichter der Fackeln erloschen. Doch noch immer rennst du durch schwarze Gänge, deinem Morgen entgegen, jetzt mit geschlossenen Augen, so geht es besser.

Nicht fern von deinem Körper sitzt ein anderer, den du dir einst schufst, auf einer Bank im Park und lauscht dem Ruf der Mondin: ewig, ewig, ewig. Also schufst *du* ihn doch nicht, sahst du ihn nur irgendwann, oder schuf er vielleicht dich? So sitzt da einer von zweien auf einer Bank: du.

Dann ist da noch ein anderer dort oben in seinem kleinen Zimmer unter dem Dach: du.

Und auch ein Dritter ist da, sitzt in einer Kneipe auf einem Stuhl.

Drei in jener Welt dort irgendwo und irgendwann, während du hier das Labyrinth durchrennst, wo schon die wilden Stiere auf dich warten.

Jetzt ruft Knossos dich zum Sprung über den Stier: »Spring, Jüngling! Ergreife die scharfen Hörner! Schwing dich auf seinen Rücken!«

Du tust es. Du rast auf den schnaubenden, scharrenden Stier zu, wie ein Blitz und ehe du dich - und der Stier - versiehst, hast du ihn auch schon übersprungen. Und schon bist du ein wahrer, wirklicher, wahrhaftiger Held.

Und weiter geht deine Reise durch die sternenlose Nacht dieses endlosen Labyrinths.

Hier kann dir alles passieren. Hier ist alles und nichts. Hier wartet deine Zukunft noch immer, immer wieder auf dich. Hier bist du nun gefangen.

Du?

Dein Geist, deine Seele.

Aber auch die anderen Wesen, sie alle sind Seelengeister genau wie du und treten gegen dich an.

## Türen

Da ist es, das Zimmer, das du so oft schon sahst - in Träumen, in Filmen, in Büchern - das Zimmer mit vielen, vielen Türen.

Du öffnest eine Tür.

Hinter dir verschwindet alles.

Und du? Hast du jetzt eine andere Welt betreten?

Nein, du bist in einem Zimmer mit vielen Türen.

Also öffnest du wieder eine Tür.

Und wohin bist du nun gelangt?

In ein Zimmer mit vielen Türen. Wohin sonst!

Diese Sorte Zimmer scheint es hier en masse zu geben. Und sie sehen alle gleich aus.

Oder ist es immer wieder das gleiche Zimmer, in das du gelangst?

Deine Seele stöhnt auf vor Entsetzen und schreit: Mein Gott, wieder und wieder und wieder, ewige Wiederkehr des Gleichen oder gar des Selben. Das ist ja die Hölle! Hier komm' ich nie mehr raus!

Und so ist es.

## Wanderer

Mit geschlossenen Augen gehen sie lautlos dahin durch diese Hallen - gleich Schlafwandlern bei Nacht.

Endlos scheint die Reihe all dieser Nackten: Männer, Frauen und Kinder aller Hautfarben und Rassen.

Doch einer unter ihnen ist erwacht:

Er öffnet die Augen und schaut nun all die anderen still bei diesem Klang, in diesem milden Licht aus der Nacht dem Morgen und dem aufgehenden Sonn entgegen schreiten - ihrem kleinen Tod.

Denn alle werden sie brennen.

## Was geschieht?

Was geschieht? Was geschieht mit mir?, fragte er sich noch verwundert und seine Gedanken rasten.

Dann Leere, Stille, Nichtdenken, Schwärze.

So lag er rücklings auf seinem Bett.

So ruht er im Nichts, im Jetzt, in allem, im All.

Das Zentrum seiner Stirn ist warm. Dieses und die anderen Chakren leuchten wie Sterne, die jetzt erstrahlen in ihm. Und auch die Volle Mondin ist da, die ihn einst rief. Und Vater Sonn. Und Mutter Erde, so blau. Schon immer wollte er sie einmal von oben sehen. Ja, da ist ein Lächeln in seinem Gesicht.

Und sein Herz? Ob es noch schlägt? Wie schnell?

Ob er jetzt wieder träumt, sich Welten erträumt, die Realität sind für all die Wesen in ihnen?

## Was war geschehen?

Erinnert er sich? An die Trommeln?

Er hatte Kitaro gehört: *Lord of the Sand*. Die Trommeln!? Die Trommeln aus dem Sand! Irgendetwas war mit ihm passiert, ein Wandel, einen Augenblick lang oder für Ewigkeiten?

Ich, ich, ich …, stotterte sein Geist. Tanzte ich da auf den weiten Ebenen, in den Stürmen von T-her?

Wachte ich auf in tiefsten Wäldern, wo ich den Magier lächelnd unter Eichen schreiten sah?

Sah ich den einsamen Alpinisten, der die Bücherwand in der Wüste ein erstes, ein letztes Mal, ewig und immer wieder besteigt?

Oder bin ich überall, lebe zugleich in zahllosen Welten?

Seltsame fantastische Welten!

## Zu Hause

»Hallo, Rainar!«, spricht sie und bietet mir mit geschlossenen Augen ihre Lippen zum Gruß an.

»Hallo, Rainar!«, begrüßen mich all die anderen, lächeln und lachen. Ihre Augen strahlen vor Freude und Glück.

Wer sie sind?, fragst du.

Sie sind die wenigen, die es immer geben wird, solange es Menschen gibt. Sie sind die wenigen mit Fantasie: Künstler, Musiker, Schriftsteller, Clowns und ...

Und nicht nur sie sind hier, auch all ihre Kreaturen! Unsere Wesen, die wir uns schufen, die uns schufen, sie alle, wir alle sind hier versammelt.

So sitze auch ich hier neben Manfred dem Magier, der ungleich mächtiger ist als ich, der ich sein Schöpfer bin. Ach, jetzt nimmt er mich in seine Arme, der Sohn den Vater, der Bruder den Bruder. So verschmelzen wir nun wieder zu einem Menschen.

Dann erklingt Musik im Raum, meine, deine, seine - unsere Musik. Wir alle erheben uns.

»Nairra!« Ich sehe mein anderes ich. Ich sehe dich.

»Rainar!« Du lächelst mich an.

Ich fliege hin zu dir.

Jetzt höre ich dein Herz schlagen und die Stille in dir. Ich höre dein Hören, tanze und schwebe mit dir durch Raum und Zeit. Denn jetzt und hier ist die Nacht der Nächte, die ewig währt - in uns.

Und du bist ich.

Und ich bin du.

Und wir sind wieder eins.

# Innenraum 3

### Die große Leere

Das ist
die große Leere

Keine Gedanken, keine Träume
keine Tränen, kein Lachen, keine Worte
kein Leben, kein Nichtleben
kein Etwas, kein Nichts

Die große Leere
ist das

# Keine Mondin

... and the icy earth
swung blind and blackening
in the moonless air

*Byron*

# Dada-da

Du schaust empor - in den Himmel bei Nacht.

Keine Mondin!

Du stehst auf und drehst dich im Kreis.

Keine Mondin - nirgendwo! Wolkenfreier Himmel. Sonst nichts.

Da beginnst du zu stottern: »Dada - da war doch was! Da muss doch was sein! Ein Licht, ein großes, rundes Licht. Die Mon... die Mo... die ... Irgendwas war doch da!«

Du erinnerst dich - ein wenig - noch ... doch immer weniger.

Schwärze und Schweigen wachsen an. Stille.

Was war, vergeht, verweht, ist längst vergangen - vergessen.

Schwärze und winzige blinkende Lichter.

Heißen die Sterne?

Sonst ist da nichts, dort oben. Jetzt nicht - und niemals mehr.

Du schaust hinab und bist von Schwärze umgeben.

Und alles löst sich auf, was einst einmal dein Körper war.

## Schreist du?

Wachst schreiend auf.

Aus Schlaf und Traum?

Weil etwas - was - geschehen ist?

Weil ES hinter dir her war!

Doch was ist ES?

Schreist du noch immer in deinem Bett?

Ja!

Nein!

Du schreist noch immer, aber du bist nicht wach und nicht bei dir zuhause. Du liegst nicht in deinem Bett und bist nicht aus einem Alb erwacht.

Denn es ist Nacht, schwarze, schwarze Nacht. Keine Sterne. Keine Mondin. Keine Lichter am Himmel. Nirgendwo. Keine Menschen. Keine Tiere. Keine Pflanzen. Kein Leben außer dir!

Und du?

Du schreist den Schrei »GEBOREN!« Schwarz bist du wie die Nacht über dir und unter dir und die schwarzen Sterne, die niemand sieht - außer dir.

Jetzt atmest du den unsichtbaren Strom ein, der trägt dich wirbelnd empor.

Und so stehst du auf aus dem dunklen Staub dieses Planeten.

Dann entfaltest du deine gewaltigen schwarzen Schwingen und steigst auf.

»Meine Mutter Nacht«, weinen schwarze Tränen aus schwarzen Augen - vor Glück.

### Eins zwei drei

Alles entsteht
alles vergeht
alles ist
für immer und ewig

## Wie alles begann

Irgendwann war ihm alles eingefallen, irgendwo und irgendwie und - irgendwann, all diese Träume und Visionen, so kurz, so real, so fantas...

Dann begann der Weber zu weben.

Wie die Raupe ihren Kokon oder die Spinne ihr Netz?

Ein einfacher Rahmen zunächst, ja, das war der erste Teil, *Ruf der Mondin* genannt, ziemlich chaotisch noch im Satz, alle Texte hintereinander gepresst, zu wenig Leere, zu wenig Raum zum Atmen, immerhin die Kapitel auf neuen Seiten begonnen.

Und inhaltlich?

Ein einfacher Rahmen nur: Da sitzt ein junger Mann auf einer Bank im Park unter Platanen, schaut ins weiße, blaue Licht der Vollen Mondin und hört nicht auf zu träumen.

Dieser Rahmen ist noch immer da. Und ein weiterer, der spielt in einem Zimmer unter dem Dach (*Im Licht der Vollen Mondin*) und ein dritter vom Penner am Tag (*ATON - Vater Sonn*).

Dann ist da noch hier dieser seltsame Innenraum, Teil 1 bis 3.

Jetzt aber reicht's! Genug ist genug, denn ...

Es lacht
die dunkle - schwarze Nacht
Vollbracht!

### Das Licht

Das Licht
der Vollen Mondin
in einem Tropfen Tau
einer Pfütze, einem Teich
im See, im Meer
im All

*Dogen, verändert*

# Mondgesicht

Punkt, Punkt
Komma
Strich

fertig ist
das Mondgesicht

*Kinderreim*

# Nachwort

50 Exemplare der Originalausgabe von *Mondin-Schein und Sein* erhielt ich am 15.2.01 und nummerierte und signierte sie.

Von März bis April 2011 überarbeitete ich die Texte für eine zweite Auflage, die mit dem in der Schreibweise veränderten Titel *Mondinschein und Sein* 2017 als E-Book erschien. Einen Text (Frühlingserwachen im März) entfernte ich, da er bereits im Titel *Still riefen uns die Sterne* enthalten ist, einen anderen Text (Nachtmeer) löschte ich im Kapitel *Von Göttern, Engeln und Dämonen*, denn er war bereits weiter vorne enthalten, also zweimal vorhanden.

Hier ist nun die dritte Auflage als Taschenbuch, in der ich die Texttitel der E-book Ausgabe übernahm, jedoch einige ergänzte und kleine Korrekturen bei den Texten durchführte, oft im Klang wieder so lyrisch wie im Original, in dem übrigens Gedanken kursiv geschrieben sind.

Rainar Nitzsche,
Kaiserslautern, April 2019

PS: *Ergänzte Titel* für Kurztexte unterhalb der Kapitel (in Klammern): Schau! (Noch Mensch? - Noch Mensch!), Auf dem Rücken (Mit allen Beinen fest auf dem Boden), Tekeli-li (Wasser ist unser Leben), Denn ich bin (In die Lüfte!), Fall (Feuer und Flamme sein), Allein (Von Göttern, Engeln und Dämonen), Äonen in Räumen (Traumprogramm), Die große Leere (Innenraum 3), Das Licht, Mondgesicht (Wie alles begann).

*Geänderte Titel* (in Klammern der des Originals): Das Bild (Bild), Edgar Allan Poe (E. A. Poe), Glühweinstand (Glühwein), Abend, Nacht und manches mehr (Abend - Nacht), Diese Musik! (Diese Musik), Goldenes Licht (Ein Leuchten), Regenwaldnacht (Regenwald-Nacht), Würmer (Von Würmern und Würmern), Glühwürmchen (*Lamprohiza splendula*), Nicht Nosferatu noch Nesuferitu (Nosferatu), Eintritt in Trance (Entrance), Ich träume (Ich träume!), Irgend-ander-wo (Irgendwoanders), Traum vom Schwert (Traum und Schwert), Wanderer (Wandeln), Dada da (Da-da-da).

# Fantastik und Fantasy von Rainar Nitzsche

### Fantastische Kurzprosa

*Ruf der Mondin.* Lieder der Nacht. 62 Seiten, ISBN 9783980210256 sowie als Taschenbuch und E-Book erhältlich.

*Im Licht der Vollen Mondin.* 132 Seiten, ISBN 9783930304042 sowie als Taschenbuch und E-Book erhältlich.

*Mondin-Schein und Sein.* 176 Seiten, 50 handsignierte, nummerierte Exemplare, ISBN 9783930304127 sowie als Taschenbuch und E-Book erhältlich.

*ATON Vater Sonn.* Taggeschichten. 184 Seiten, 50 handsignierte, nummerierte Exemplare, ISBN 9783930304097 sowie als Taschenbuch und E-Book erhältlich.

*Spiegelwelten deiner Seele.* Spiegelgeschichten. 88 Seiten, 50 handsignierte, nummerierte Exemplare, ISBN 9783930304271 sowie als Taschenbuch und E-Book erhältlich.

*Still riefen uns die Sterne.* Kosmische Geschichten, 164 Seiten, 50 handsignierte, nummerierte und weitere Exemplare, ISBN 9783930304295 sowie als Taschenbuch und E-Book erhältlich.

*Von Engeln, Erleuchtung und Ewigkeit.* Meditative Kurzprosa. 3. überarbeitete Auflage, 149 Seiten, ISBN 9783741266621 und E-Book. Rainar Nitzsche / Harald Fuchs, 2. Auflage, 144 Seiten, ISBN 9783930304783.

*Das Schlafende steht auf aus Seinen Träumen.* Fantastische Kurzprosa. 204 Seiten, ISBN 9783930304776 sowie als Taschenbuch und E-Book erhältlich.

*Spinnentraumgespinste.* Spinnenträume und Spinnenbegegnungen. 2. überarbeitete Auflage. 164 Seiten, ISBN 9783930304707 sowie als Taschenbuch und E-Book erhältlich.

**Die Pfadwelten**

Die fantastische Reise von Manfred, einem Magier mit der Fähigkeit sich in andere Lebewesen zu verwandeln. Sein Weg durch die Bioregionen der Erde: Suche nach seiner großen Liebe. Kampf mit einem schwarzen Wesen aus der Welt T-Her:

*Der Leuchtende Pfad des Magiers.* PFAD 1, 186 Seiten, handsigniert, nummeriert, limitiert auf 200 Exemplare, ISBN 9783930304035 sowie als Taschenbuch und E-Book erhältlich.

*Wandlungen der Drei.* PFAD 2. 194 Seiten, handsigniert, nummeriert: 50 Exemplare, ISBN 9783930304134 sowie als Taschenbuch und E-Book erhältlich.

*Wüsten-Berges-Himmels-Weiten.* PFAD 3, 180 Seiten, handsigniert, nummeriert, limitiert auf 50 Exemplare, ISBN 9783930304172 sowie als Taschenbuch und E-Book erhältlich.

*Ins All - Im Eins.* PFAD 4. 208 Seiten, handsigniert, nummeriert, limitiert auf 50 Exemplare, ISBN 9783930304141 sowie als Taschenbuch und E-Book erhältlich.

*Der Schneckenkönig* von Alexa E. Bach. Leben eines PFADWesens. Suche eines intelligenten Schneckenwesens nach seinen Untertanen in einer menschenleeren Welt, die von Ameisenvölkern beherrscht wird. 76 Seiten, ISBN 9783842355873 und E-Book.

## Lyrik von Rainar Nitzsche

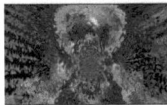

*Ewig sein in Stille.* Meditative Lyrik. Neuauflage Taschenbuch ISBN 9783741261312 und E-Book.

*Klang über den Meeren der Zeit.* Harald Fuchs / Rainar Nitzsche. 72 Seiten mit 31 Grafiken, nummeriert, handsigniert, limitiert auf 313 Exemplare, ISBN 9783930304073. Neuauflage Taschenbuch Rainar Nitzsche ISBN 9783738643411 und E-Book.

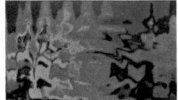

*OM oder Das Rauschen der scheinbaren Leere.* Meditative Lyrik. 80 Seiten, nummeriert, handsigniert, limitiert auf 316 Exemplare, ISBN 9783930304028 sowie als Taschenbuch und E-Book erhältlich.

*wir ... menschen der erde.* Natur, Untergang, Hoffnung, Neuanfang, Aufbruch ins All. Reprint Taschenbuch ISBN 9783741261312 und als E-Book erhältlich.

*Die Zeit der Bäume.* Rainar Nitzsche / Harald Fuchs, 60 Seiten mit 23 Grafiken, nummeriert, handsigniert, limitiert auf 304 Exemplare, ISBN 9783980210249 sowie als Taschenbuch und E-Book erhältlich.

## Von Olaf Olsen\* sind erschienen

*Die Meere des Wahnsinns.* Wenn sich die Grenzen verschieben. Original: 72 Seiten mit 23 Abb. von Rainar Nitzsche, ISBN 978-3-930304-30-1 sowie als Taschenbuch und E-Book erhältlich.

*Höllen-Fahrten-Leben-Träume.* Alltäglicher und wahrer Horror auf Erden und andernorts. Original: 156 Seiten mit 51 Abb. von Rainar Nitzsche, ISBN 978-3-930304-31-8 sowie als Taschenbuch und E-Book erhältlich.

*ES bricht hervor aus dir.* Horrorgeschichten und -gedichte. Das dritte Buch vom „Irren" aus der P(f)alz. Original: 102 Seiten mit 42 Fotokunstwerken von Rainar Nitzsche, ISBN 978-3-930304-49-3 sowie als Taschenbuch und E-Book erhältlich.

\*: Ein Pseudonym von Rainar Nitzsche? Und deshalb sind hier Olsens Werke aufgeführt?